우리,
비건 식당
할까?

세 여자의 비건 대륙, 베지베어 이야기

우린, 비건 식당 할까?

고다현, 민성주, 조은하 지음

이배지노

이매진의
시선
時線
11

우리, 비건 식당 할까?

세 여자의 비건 대륙, 베지베어 이야기

초판 1쇄 2021년 10월 29일
지은이 고다현 민성주 조은하
펴낸곳 이매진 **펴낸이** 정철수
등록 제313-2003-0183호
주소 서울시 은평구 진관3로 15-45, 1018동 201호
전화 02-3141-1917
팩스 02-3141-0917
이메일 imaginepub@naver.com
블로그 blog.naver.com/imaginepub
인스타그램 @imagine_publish
ISBN 979-11-5531-125-7 (03810)

• 값은 뒤표지에 있습니다.

이 도서는 한국출판문화산업진흥원의
'2021년 출판콘텐츠 창작 지원 사업'의 일환으로
국민체육진흥기금을 지원받아 제작되었습니다.

갑자기 비건 식당?

스타트업 인턴을 할 때다. 퇴근해서 지하철을 기다리고 있었다. 멍하니 스크린 도어를 쳐다보는 듯하지만 오늘 아침에 본 팝업 식당 모집 공고가 머리를 떠나지 않았다. 심사를 통과하는 팀에게 한 달간 무료로 장소와 시설을 빌려주니까 아이템만 있으면 됐다. 누구한테 전화하지. 대학 생활 내내 팀 과제나 공모전을 함께한 시완 언니에게 전화했다.

"어, 성주야."

"언니, 있잖아……, 우리, 비건 식당 할까?"

지하철이 왔다. 사람들이 우르르 내리고 내린 만큼 다시 탄다. 나만 타지 않았다.

그 전화를 끊고 별로 안 친한 동기 현민이를 끌어들여 셋이서 팝업 식당을 준비했다. 메뉴 콘셉트를 잡고, 레시피를 만들고, 멋들어진 사진도 찍었다. 밤새

워 사업계획서 등 모든 제출 서류를 완성했다. 모두 사흘 만에 일어난 일이었다. 왜냐고? 내가 포스터를 모집 마감 사흘 전에 본 때문이었다.

제주도 여행을 떠나는데 룸메이트가 물어본다.

"언제 올 거야?"

"나도 몰라."

진짜 나도 모른다. 돌아오는 비행기 표를 안 끊었다. 아직 더 있고 싶은데 시간이 모자라 발 동동거리기도 싫고, 얼른 가고 싶은데 한참 남은 시간 때문에 고통을 견디기도 싫다. 그때 그 상황에 맞춰 갑자기 표를 끊는 방식이 나만의 여행법이다.

비건 식당을 한다고 한 때도 비슷했다. 사람들은 내가 아주 머나먼, 들어본 적도 없는 나라로 떠난다는 듯 눈을 동그랗게 뜨고 물었다.

"갑자기 왜?"

이쯤이면 모두 눈치채겠지만 나는 '계획'이라는 말하고는 영 거리가 먼 사람이다. 사람들은 계획대로 되지 않으면 식은땀이 난다는데, 나는 내 인생이 예상한대로, 계획대로 착착 흘러가면 무섭다. 단조롭고 평화로운 일상이 이어지면 '분명 이쯤이면 나타나야 하는데' 하면서 크고 작은 이벤트를 기다리다 못해 만들어

버린다. 그래서 그런지 머리가 큰 뒤로 벌인 여러 가지 일들은 '갑자기'가 앞에 붙는다.

갑자기 고등학교를 그만둔다.

갑자기 교환 학생을 간다.

갑자기 비건이 된다.

갑자기 식당을 차린다.

갑자기 책을 낸다.

생각해보면 내 삶에서 교육 기관을 제 발로 뛰쳐나온 일이 고등학교가 처음은 아니었다. 어린이집을 가는 첫날이었다. 다섯 살 성주는 첫 등원을 언니하고 함께하고 싶었는데, 동생이 창피한 언니가 나를 빼놓고 먼저 가버렸다. 언니가 다니는 초중고를 모두 따라다녔지만, 언니는 늘 아는 척하지 말라고 했다.

어쨌든 다섯 살 성주는 토라진 채 어린이집에 도착했다. 혼자 등원한 일도 서러운데 더 큰 난관이 나를 기다렸다. 잔반을 남기면 점심시간이 끝나도록 식탁에 앉아 있어야 했다. 언니는 벌써 다 먹고 친구들끼리 자유 시간을 즐기는데, 나는 연근을 도저히 못 먹고 식탁에 앉아 있었다. 한 번도 내 쪽을 안 보는 언니, 집에서 안 시키는 이상한 규칙을 강요하는 사회를 참을 수 없었다. 선생님에게 화장실 간다고 거짓말하고는 몰래 뛰쳐나갔다. 마음이 급한 나머지 신발은 손에 들고 맨발로. 집에 돌아온 내 꼴을 본 엄마는 몸에 나쁘다며 생전 안 먹인 아이스크림을 사줬다. 그때 알았을까. 인생이 기대한 대로 흘러가지 않아도 어딘가 뜻밖의 달콤함이 있다는 진실을.

그 아이는 자라서 스물네 살에 비거니즘 책 한 권을 우연히 접한다. 책장을 덮으면서 그날로 비건이 된다. 석 달 뒤 비건 식당까지 차린다. 시완 언니, 현민, 일면식도 없던 은하 언니, 다현을 끌어들였다. 분명 한 달만 계획한 팝업 식당인데, 오래된 친구 '갑자기'가 오랜만에 세운 이 계획의 빈틈을 파고 들어온다. '갑자기' 식당을 정식으로 차렸다. 대학 졸업장을 따기도 전에 비건 식당 사장 타이틀을 땄다. 처음 계획하고 다르게 길어진 이 여행에 두 친구는 일찍 떠났다. 돌아가는 표를 끊었기 때문이었다. 남은 은하 언니와 다현과 내가 함께 비건 대륙 베지베어 왕국에 체류하고 있다.

다현은 창업은 절대 하지 않겠다고 다짐하던 친구였고, 은하 언니는 마케팅 분야로 취업을 준비하고 있었다. 여기까지 읽고 뒷이야기가 어떨지 호기심이 일면 좋겠다. 없느니만 못한 프롤로그가 되지는 않을까. 그래도 마지막까지 구구절절 덧붙이자면 '갑자기'

비건 식당을 하면서 이런저런 상도 타고, 자영업자를 눈물짓게 한 코로나도 겪는다. 미래가 창창한 친구들을 엉뚱한 길로 유혹한 기분이지만, 모두들 알아주면 좋겠다. 이 책도, 식당도, 한 가지 물음에서 시작한다.

"우리, 비건 식당 할까?"

2. 한 달만 하자, 비건 식당

3. 이제 진짜, 비건 식당

4. 여기 있어요, 비건 식당

1

어쩌다 보니,
비건 식당

고장난 내비게이션의 목적지

민
성
주

'삼천포로 빠지다.'

분명히 노트북으로 과제를 하고 있었는데 정신을 차려보니 네이버 웹툰을 보고 있는 나를 발견할 때 떠오르는 말이다. 네이버 웹툰뿐 아니다. 짧은 25년 인생이지만 잘 다니던 고등학교를 돌연 자퇴한 때도 그렇다. 자퇴 사유, 미국에 교환 학생으로 가고 싶어서. 절대 보내줄 수 없다는 아빠 앞에서 제발 보내달라며 눈물을 보였는데, 아빠도 눈물을 흘리며 초강수를 뒀다. 그렇지만 인천 제일가는 불효녀는 부모님을 이겨 먹고 종로 어딘가에 있는 유학센터에서 자격증과 비자를 얻어 홀라당 이 땅을 떠났다. 고작 열일곱 살이 미국 고등학교 졸업반에 배정된 줄도 모른 채.

학교에서 한 명뿐인 한국인에다 영어도 서툴던 나는 어느새 치어리딩 동아리부터 시작해 프롬 파티, 홈

커밍 파티, 뮤지컬 동아리까지 한다. 무교인데도 친구들과 놀겠다고 교회 청년반 활동까지 할 정도였다. 그렇게 미국에서 알차게 즐기다가 10개월만에 서류상 미국 고등학교 졸업장을 따고 돌아온다.

인생을 꼼꼼히 설계하기보다는 하고 싶은 게 생기면 다 내려놓고 헐레벌떡 달려들던 나는 어느덧 대학교 3학년이 됐다. 사람은 고쳐 쓸 수 없다고 했나. 졸업 요건을 채우려 시작한 디자인 인턴을 마치고 비건 식당을 오픈했다.

나는 어딘가 고장난 내비게이션일까. 아니면 애초에 삼천포가 목적지인 걸까. 하루 전만 해도 'A안으로 해야지' 기껏 생각해놓고 최종 결정 10초 전에 B안이 더 끌린다며 충동적으로 선택하는 게 어쩔 수 없는 내 성격이다. 이런 내게도 대학교 4학년 1학기를 다니면서 비건 팝업 식당을 연 건 꽤나 황당한 결정이었다.

4학년 올라가는 겨울 방학, 콘텐츠 기획과 디자인 직무 인턴을 지원했다. 출근 첫날 회사가 조금 특이한 곳에 있다는 걸 알았다. 열 곳 정도 되는 스타트업이 파티션으로 공간을 나눠 쓰는 공유 사무실. '코워킹co-working'을 하는 젊은 직원과 창업가들을 보면서 내가 꼭 누군가에게 고용되지 않아도 된다는 것을 새삼

스레 깨달았다. 업무를 잘했다는 평을 들을 때도, 내가 만든 로고가 회사를 대표하는 정식 로고로 선택될 때도 기쁘지 않았다. 오히려 이 에너지를 나만의 일을 하는 데 쓸 수 없을까 하는 회의감이 들었다.

여느 때처럼 점심을 먹고 양치를 하는데 늘 텅텅 비어 있는 여자 화장실이 거슬렸다. 이렇게 다양한 스타트업이 있는데 여성 대표는커녕 직원도 흔치 않아 늘 티끌 하나 없이 깨끗한 화장실을 보고 있자니 '내가 어디가 모자라서'라는 마음이 비죽 튀어 올랐다. 그때였다. 취직을 찍던 내비게이션의 목적지가 창업 삼천포로 바뀐 때 말이다.

스트롱 우먼이 될 거야

조
은
하

늘 강한 여성을 갈망했다. 무엇에도 휘둘리지 않을 튼튼한 몸과 굳센 마음을 지닌 사람. 왜 이렇게 강한 것에 마음을 뺏기는지 모르겠다.

중고등학교를 다닐 때는 학생들을 단번에 휘어잡는 카리스마 강한 여자 선생님에게 유독 끌렸다. 오죽하면 고등학교 때 반 친구들이 담임 선생님이 무서워 눈물을 줄줄 흘릴 때도 나는 턱을 괸 채 외쳤다.

"너무 멋있지 않아? 최고야!"

반 아이들이 야유를 보냈지만 강한 여성이라는 로망을 포기할 수 없었다.

대학 시절에는 태권도에 흠뻑 빠졌다. 한동안 태권도로 하루를 시작해 태권도로 하루가 끝이 났다. 태권도는 어릴 때부터 하고 싶었다. 엄마는 가뜩이나 산만한 내가 더 산만해진다며 태권도 학원에 보내주지 않았다. 태권도를 향한 열정이 식은 지 오래돼서 처음 친구가 태권도 동아리를 하자고 한 때는 시큰둥했다. 그러다 친구가 도복 입은 모습을 보고 저 도복은 내가 입어야지 싶었다.

태권도 동아리 부장 언니의 연락처를 받아 동아리에 지원했다. 이미 신입생 모집 기간이 끝나고 신입생 환영회까지 거하게 치른 뒤지만, 동아리 '이화태권'은 나를 거두었다. 그렇게 나는 '이화태권 41기'라는 새로운 신분을 얻었다.

대충 하다 말 생각이었는데, 언니들이 맨 검은띠가 그렇게 빛나고 유혹적일 수가 없었다. '강한 여자가 아름답다'고 쓴, 동아리방 문에 대문짝만 하게 붙어 있는 포스터는 심장을 뛰게 했다. 운동장 몇 바퀴를 뛰어도 지친 기색이 없는 언니들을 보며 '내 미래는 여기'라고 다짐했다. 차라면 차고 뛰라면 뛰었다.

가장 큰 연례행사는 전국태권도동아리대회다. 전국 대학교에서 활동하는 태권도 동아리들이 모여 자웅을 겨룬다. 등짝에 '이화태권'이라고 쓴 도복을 입고 있다는 사실만으로 이미 대회에 참가한 취지는 다 달성한 셈이라고 생각했다. 언니들 경기를 보면서 플래카드를 열심히 흔들어댔고, 어디 가서 뒤지지 않을 우렁찬 목소리로 응원을 했다.

드디어 기다리던 첫 겨루기. 태권도를 배운 지 1년이 안 돼서 노란띠를 맨 나도 겨루기 대회에 나갔다. 얼마나 떨리는지 아무도 상상할 수 없을 정도였다. 마음을 다잡았다. 호구를 차고, 마우스피스를 꼈다. '상대는 검은띠, 나는 노란띠. 태권도 햇병아리라지만 쫄 거 없지.'

심판의 호루라기 소리를 듣자마자 쓸 줄 아는 기술도 별로 없으면서 무작정 발차기를 하며 들이댔다. 너무 거침없이 들어오는 내 모습에 당황한 상대가 뒷걸음을 쳤다. 뒤에서 코치를 하던 부장 언니는 별 기대하지 않은 내가 치고 나가니까 신이 났다.

"은하야, 지금이야! 머리 찍어!"

언니가 조종하는 아바타처럼 시키는 대로 움직였고, 짜릿한 첫 승리를 맛봤다. 그다음 경기에서는 한국체육대학교 학생을 상대로 만나는 바람에 열심히 두들겨 맞았고, 그렇게 내 첫 전국대회는 끝이 났다.

동아리 부장까지 하고 졸업한 지금까지도 꾸준히 운동하는 습관이 몸에 배어 있다. 강한 정신력에는 강한 체력이 앞선다는 생각으로 체력을 기르려고 부지런히 몸을 움직인다. 하루라도 몸을 쓰지 않으면 괜히 근질거리는 바람에 아침 등산을 하고 학교를 가기도 했다. 땀 냄새 풍기며 함께 운동한 시간은 지금도 삶의 원동력이 된다. 열심히 기른 튼튼한 몸과 굳센 마음을 베지베어에서 쓰게 될 줄은 몰랐지만.

새해가 되면 문구점에서 스프링 노트를 한 권 산다. 표지가 단단하고 인덱스가 달린 제품을 골라 반년 동안 지킬 계획을 적는다. 그 학기에 들을 수업, 수업 들으면서 할 만한 대외활동, 재테크, 이렇게 세 가지다. 적으면서 반 이상은 달성할 수 있다고 믿는다. 이런 새해 의례와 믿음은 욕심 많은 내 성격에서 비롯됐다.

2019년 1월, 스물넷이 된 나는 상반기 계획을 취업 준비로 정했다. 백화점 판매 제품을 구매하는 식품 엠디MD가 되고 싶었다. 백화점 엠디는 스펙이 높아야 한다는 말에 스타 강사가 하는 토익 강의를 들으러 강남역에 있는 학원을 등록했다. 현장을 경험하면 자기소개서를 쓸 때 도움이 될까 하는 마음에 지하철로 한 시간 반 거리인 어느 백화점 식품관에서 아르바이트도 잡았다. 시간을 허투루 쓰고 싶지 않아서 토익 강의는 아르바이트 출근 시간 전인 오전 여덟 시부터 한 시간 동안 들었다. 3월까지 배탈이 난 하루 빼고는 이 일과를 빠짐없이 지켰다. 오전 여섯 시 기상, 오전 여덟 시 강남역 토익 학원, 오전 열 시부터 오후 여섯 시까지 잠실 백화점 식품관 아르바이트, 오후 여덟 시 집에 도착해 학원 숙제.

숙제를 밀리기 싫어서 학원으로 가는 지하철에 앉아 듣기 문제를 푼 적도 있다. 가끔 아르바이트 근무가 낮 열두 시로 잡히는 날에는 강남역 12번 출구 앞 패스트푸드점에 앉아 모닝 세트를 먹으며 학원 숙제를 했다. 체력은 많이 신경쓰지 않았다. 체력에 한계가 올 듯하면 운동을 하거나 영양제를 먹어서 나를 챙긴 날들이었다.

인생을 분기별로 나눠 계획을 세우고 하나하나 달성하는 게 참 좋았다. 일단 세운 계획은 지키려고 온갖 자투리 시간까지 다 끌어 바치는 성격이었다. 욕심도 많고 완벽주의 성향도 있는 탓인지 어느 하나 놓치기 싫었다. 성장할 나 자신이 너무 보고 싶어서 분신술을 할 수도 없으면서 자꾸 새해 다이어리에 새로운 도전을 적어 나갔다.

자연스레 모든 일에서 효율성을 따지고 신중하게

계획을 세우는 습관이 들었다. 효율성을 높이려면 확실한 일에 투자해서 확실한 결과를 얻어내야 한다. 아이러니하게도 새로운 도전을 하려 효율을 찾고, 효율을 높이려 안정적인 도전 과제를 찾아 계획에 넣는 나가 만들어졌다. 신중하게 고른 인생의 도전을 따라서 징크스를 지켜가는 삶이었다.

2019년 2월까지는 그랬다. 원래의 나라면 노트에 적은 계획대로 대기업 입사를 향해 달리고 있어야 했다. 집이 망하거나 크게 몸을 다치는 불가항력의 사건이 벌어지지 않는 한 그래야 했다. 창업은 내가 생각한 변수의 변수의 변수 리스트에도 없는 계획이었다. 2019년에 도대체 무슨 일이 일어난 걸까. 신중한 계획 신봉자인 나는 인생 처음으로 생뚱맞은 선택지를 내 손으로 골랐다.

인생은 신중해야 해

대학교 4학년을 앞둔 겨울 방학이었다. 심심해서 핸드폰을 보고 있는데, 학교 커뮤니티에 올라온 어느 글이 눈에 띄었다. 비건 팝업 식당 팀원을 모집하고 있었다. 대학 생활의 8할을 차지하던 태권도 동아리를 마무리한 뒤 왠지 모를 공허함에 시달리던 때였다. 자세히 읽어보니 한 달 동안 비건 팝업 식당을 할 건데, 공모전에 1차 서류를 통과한 상태에서 2차 실기 시험을 앞두고 있었다.

"직접 요리한 사진을 몇 장 보내주실 수 있나요?"

정신을 차려보니 어느새 연락을 하고 있었다. 마침 찍어둔 사진이 있어서 몇 장 보냈고, 회의를 거친 뒤 결과를 알려준다는 답을 들었다. 다음날 같이 해보자고 연락이 왔다.

새로운 일은 늘 설레지만, 막상 안면이 없는 사람

27

들이랑 낯선 프로젝트를 하려니 떨렸다. 그렇게 팀에 합류한 날이 화요일인데, 경연 대회가 그주 금요일이라고 했다. 이때부터 뭔가 잘못됐다는 직감을 했다. 팀원을 이렇게 급하게 구한다고? 그러더니 대뜸 화상 회의를 하자고 제안했다. 얼씨구? 화상 회의를 해본 사람은 알겠지만 알고 지내는 사이도 막상 액정 너머로 얼굴을 보면 아주 어색하다. 얼굴도 이름도 모르는 사람들이랑 화상 회의를 한다고?(이때만 해도 코로나가 없었을 때라 화상 회의가 흔한 일이 아니었다.)

결국 나는 지구에서 한 번도 본 적 없는 사람들이랑 화상 회의를 했다. 그날따라 어딘가로 숨고 싶었을까? 괜히 평소에는 쓰지도 않는 비니를 눈도 잘 보이지 않을 정도로 깊이 눌러썼다. 화면 속 내 모습은 어둡고 무서운 사람이었다고 성주는 회상했다. 나는 도망가고 싶던 게 틀림없다. 심지어 나를 뺀 세 명은 과 동기여서 이미 3년 동안 동고동락한 사이였다. 알 수 없는 소외감에 주눅들고, 도망치고 싶은 마음이 굴뚝같았다. 차라리 소개팅이 더 낫겠다는 생각을 하면서 울며 겨자 먹기로 화상 회의를 끝냈다.

2019년에 나는 4학년이었고, 1년 남은 찬란한 대학 생활을 의미 있게 마무리하고 싶을 뿐이었다. 후회

스러웠다. 신중하지 못한 나를 탓하기에는 이미 돌이
킬 수 없는 강을 건넌 뒤였다. 어쩌나? 자기가 싼 똥
은 스스로 치워야지.

동생아, 언니를 지켜주겠니?

조
은
하

하나부터 열까지 어색하기만 한 화상 회의를 마친 다음날, 낯선 이들이 예약해둔 경복궁 근처 에어비엔비를 찾아갔다. 사직동 골목을 걸어가는 길에 오만 가지 생각이 다 났다. 지금 돌아보면 왜 그랬는지 모르겠지만 동생한테 내가 10분 안에 연락을 안 하면 경찰에 신고하라고 부탁했다. 겁 없는 사람이라고 생각했는데, 나는 겁쟁이였다.

조선 시대 양반님네들이 살 듯한 커다란 한옥이었다. 떨리는 마음으로 잔뜩 긴장한 채 문을 열었는데, 아무도 없었다. '뭐지? 이건 분명 미끼다. 나는 미끼에 걸려든 희생양이다.' 동생한테 빠르게 연락했다.

"괜히 지원했어. 쓸데없는 거 하지 말고 취준이나 하라는 네 말을 들을걸."

이내 다른 일행이 오는 바람에 도망갈 타이밍을 놓

쳐버렸다. 동생한테는 경찰에 신고 안 해도 될 거 같다는 메시지를 보내고 애꿎은 한옥 기둥만 만져댔다. 정말 미끼에 걸렸다면 태권도 동아리 3년 동안 다진 튼튼한 주먹과 발차기로 제압할 작정이었다.

한옥 마루에 걸터앉아 하얀 입김만 뿜어내다 어색하게 대화를 시작했다.

"…… 안녕하세요. …… 전공이 어떻게 되세요? …… 어디 사세요?"

집에 가고 싶었다. 나머지 두 사람이 오고, 본격적으로 대회 준비를 시작했다. 통성명만 하고 바로 본론에 들어갔다. 당장 대회가 이틀도 채 안 남아서 하하 호호 하며 친목을 나눌 여유는 없었다. 근처 시장에 가서 재료를 사고, 간식으로 먹을 기름 떡볶이도 포장했다. 떡볶이를 먹으면서 재료를 손질했다. 이때만 해도 떡볶이를 사주는 줄 알고 '오, 좋은 사람들이네' 하고 생각했는데, 나중에 계좌 번호를 보내왔다.

칼과 도마를 들었다. 비건 초밥을 계획하고 있다면서 자기들이 생각한 비건 초밥 구성을 말했다. 더덕구이초밥, 간장새송이버섯초밥, 두부깻잎초밥, 깻잎쌈장초밥이었다. 메뉴를 듣자마자 조리 경험이 부족한 사람들이 만들기 쉽지 않은 음식이라고 생각했다.

불맛나게 구운 파떡파떡 꼬치. 이름은 소떡소떡에서 착안했다.

그것도 시간이 제한된 경연 대회에서 말이다. 딱 봐도 어설픈 조리 실력에 정리도 안 된 레시피로 내일모레 대회를 치르겠다니. 이 근거 없는 자신감은 대체 어디서 나오는 걸까? 우왕좌왕 종잡을 수 없는 사람들 모습을 보고 있자니 당황스러웠다. 대책이 없어도 이렇게 없을까.

어쨌든 시키는 대로 새송이버섯을 열심히 썰고 있는데 칼질을 잘한다며 칭찬을 했다.

"은하 씨는 취직을 잘할 것 같아요."

무슨 뚱딴지같은 소리인가 했지만 어색하게 웃어 넘겼다. 유튜브 채널이 있다며 갑자기 동영상을 찍기도 했다. 이 사람들 뭐지. 한 명은 더덕을 찧기 시작하더니, 또 다른 한 명은 깻잎을 삶았다. 유튜버는 영상을 찍었다(나중에 이 유튜버는 동갑 친구가 됐다). 같이 시간을 보내면 보낼수록 혼돈의 카오스였지만 될 대로 되라는 마음으로 썰던 버섯을 계속 썰었다.

"은하 씨, 금요일이 대회니까 내일은 합숙할까요?"

성주라는 사람이 말했다. 최종 레시피를 확정지어야 하기 때문에 합숙을 피할 수 없다는 뜻을 전했다. 금요일이 대회이니까 내일은 합숙을 해서 최종 레시피를 정리해야 한다고 했다. '합숙?' 놀라움의 연속이었지만, 놀라지 않은 척, 당연히 그래야 한다는 듯 열심히 칼질을 했다.

"그럼 저는 오늘 먼저 가보겠습니다. 집에 할 일이 있어서요. 내일 뵐게요."

이 한마디를 외치고 서둘러 지옥 같은 한옥을 뛰쳐나왔다. 나, 정말 어떻게 되는 걸까.

무식한 용자여, 일어나세요

민
성
주

무식하면 용감하다는 말을 뼈저리게 느낀 적이 있다. 난생처음 타는 스쿠터를 몰고 제주도를 종단할 때였다. 새내기 티가 팍팍 나던 친구와 나는 운전면허증은 있지만 면허를 따는 데만 의의를 둔 사람들이어서 운전 경험이 없었다. 제주도는 교통이 좋지 않아 버스 시간을 못 맞추면 30분에서 한 시간은 정류장에서 보내야 했다. 결국 차를 렌트해야 하는데, 내가 운전을 하자니 다른 목숨을 책임지는 게 무섭고 친구에게 운전대를 맡기자니 황천길 프리 패스나 다름없었다. 치열하게 논의한 끝에 각자 자기 목숨을 책임질 1인용 스쿠터를 예약했다. 지금 돌아보면 말도 안 되지만 자동차보다 느리니까 안전하다고 생각했다.

제주국제공항에 내리자마자 스쿠터 렌트 가게로 갔다. 자동차는 무서워서 스쿠터를 빌리러 왔다는 해

괴한 말을 들은 사장님이 속성으로 운전 강습을 했다. 가게 앞 도로에서 직원 두 명이 붙어 주행 연습을 시켜줬는데, 우리 목숨을 걱정한 게 분명했다. 스쿠터에 몸은 실은 우리는 산간 도로는 보험 처리가 안 되니 들어가지 말라는 당부를 마음에 새기며 출발했다.

시간이 아까웠다. 우리는 결국 제주시에서 서귀포시로 가는 최단 경로인 산간 도로로 향했다. 꼬불꼬불한 도로를 달리는데, 뒤에 오는 차는 더 빨리 가라고 재촉하고 옆으로 10톤짜리 트럭이 잇따라 지나갔다. 종잇장 같은 50시시 스쿠터는 10톤 트럭이 만들어내는 바람에 빨려 들어갈 듯 핸들이 흔들렸다. 자동차는 보호막이라도 있지만 나는 맨몸이라는 사실에 내적 눈물을 흘렸다. 산간 도로를 빠져나와 스쿠터를 세우고 친구와 나는 이번 여행의 목표를 수정했다. 안 죽고 무사히 육지로 돌아가기. 그렇게 나는 무식하면 용감하다는 말을 목숨 걸고 배웠다. 비싼 레슨비가 아깝게도 이 격언을 다시 한 번 복습하게 됐으니, 바로 팝업 식당 조리 시험을 보는 날이었다.

"혹시 여기가 조리 면접장이 맞나요?"

2차 조리 심사장을 찾으며 두리번대던 나는 칼같이 날카로운 요리모를 쓴 심사위원에게 물었다. 황당하다는 듯 얼버무리는 대답이 돌아왔다.

"저도 참가자라서 잘 모르겠어요."

잘 다린 하얀색 조리복을 갖춰 입은 참가자들 사이에서 꼬깃꼬깃한 앞치마를 꺼내 입으며 생각했다. '떨어져도 속상해 말아야지.' 이미 기가 한풀 꺾인 채 조리를 시작했다.

평가지와 펜을 들고 다니며 대회 참가자를 실시간 평가하는 심사위원들 사이에서 팔팔 끓는 물에 깻잎을 살짝 데쳤다. 어라, 분명 어제하고 똑같이 하는데 깻잎이 너무 억세서 쌈밥을 잘 만들 수 없다. 얼마나 더 데쳐야 하지? 평소 같으면 실력이 가장 뛰어난 은하 언니에게 물어볼 텐데, 언니는 나보다 더 많은 일을 맡아 땀 흘리며 세 가지 초밥을 한꺼번에 만들고 있어서 겨우 깻잎 얼마나 더 데칠까 물어보기가 미안했다. '그래, 물렁해질 때까지 데치자.'

팔팔 끓는 물에 깻잎을 넣어두고 더덕구이초밥을 준비하기 시작했다. 얇되 찢어지지 않게 찧어야 하는, 나름 집중력이 필요한 더덕 찧기에 몰두하고 있는데 심사위원이 다가왔다.

"이거 깻잎을 너무 데쳐 물이 초록색이 됐는데?"

"아, 깻잎이 억세서 좀 오래 데쳤어요."

경연 대회 때 만든 더덕구이초밥, 간장새송이버섯초밥, 두부깻잎초밥, 깻잎쌈장초밥.

뭐가 잘못인지도 모른 채 대답했다. 지금 생각하면 황당하지만 심사위원은 아무 말 없이 자리를 떴다. 심사위원이 갑자기 던진 질문에 야무지게 답했다고 생각한 나는 푹 데쳐 흐물흐물한 깻잎을 건져두고 더덕구이초밥에 마저 열중했다.

맡은 부분이 다 끝났다고 생각한 나는 고개를 들어 시간을 확인했다. 1분이 남아 있었다. 정말 겨우 시간을 맞췄구나. 안도하는 찰나에 죽여달라는 듯 널브러진 깻잎이 은하 언니 눈에 들어왔다. 깻잎쌈밥을 깜빡했다. 은하 언니는 아무 말 없이 깻잎을 낚아채 빠른 손놀림으로 쌈밥을 만들어 접시에 올렸다. 그 순간 시간이 다 됐다. 알고 보니 깻잎의 구조 신호를 듣고 알려준 심사위원은 대대로 유명한 한식 집안 출신 요리 연구가였다. 내 당당한 모습에 얼마나 어이가 없었을까. 그뒤로 내 별명은 '무식한 용자'가 됐다.

깻잎이 보내는 구조 신호

〈한식대첩〉이라도 찍는 줄 알았다. 텔레비전에 나오는 셰프들처럼 '내가 이 구역의 요리왕'이라는 듯 포스를 잔뜩 풍기는 조리복을 입은 사람들이 심사장에 가득했다. 들어가는 순간 기가 죽었지만 어차피 큰 뜻도 없으니 오늘만 잘 넘기자고 생각했다. 위생 때문에 반드시 앞치마를 매고 요리모를 써야 했는데, 우리는 하나도 준비하지 못했다. 요리왕들이 득실거리는 대회장에서 작아지는 심장을 부여잡고 조리 실습실 창고를 열심히 뒤져 앞치마와 요리모를 간신히 찾아냈다. 모든 일이 풍전등화였다.

심사위원이 대회 시작을 알리자 우리는 잔뜩 긴장한 채 칼을 들었다. 조리 시간이 넉넉하다고 생각했는데 막상 시작하니 빠듯했다. 경연 대회에서 만든 음식은 비건 초밥과 비건 미역국, 비건 꼬치였다. 다른 메뉴는 문제가 없는데 초밥이 골칫거리였다. 흔히 알고 있는 생선초밥도 손이 많이 간다. 잘 지은 밥에 알맞게 간을 해야 하고, 밥 위에 올리는 생선도 재료 특성에 맞게 제대로 손질해야 한다. 비건 초밥도 마찬가지다. 채소를 하나부터 열까지 다듬고 칼로 다져 양념을 해야 한다. 어쩌면 손 많이 가는 음식만 골랐을까.

내게 할당된 일들을 끝내놓고 혹시 놓친 게 있나 살펴보는데 심사위원이 큰 소리로 말했다.

"이제 곧 시간이 끝납니다."

그제야 알았다. 깻잎초밥이 하나도 만들어지지 않은 사실을. 대회를 시작하기 전에 각자 할 일을 정했는데, 실전에서 깻잎초밥 담당이 미처 확인하지 못한 모양이었다. 간절히 구조 요청을 보내는 깻잎을 미친 듯이 낚아채 허겁지겁 밥을 싸고 쌈장을 발랐다. 마지막 깻잎 초밥을 접시에 올려놓는 순간 종이 울렸다. 〈냉장고를 부탁해〉의 한 장면을 찍은 듯 종소리하고 함께 다리에 힘이 풀렸다.

정신없이 만들어낸 음식이라 맛있을까 의심스러웠다. 자신 있는 표정을 한 다른 팀들을 보니 의심은 곧 확신이 됐다. '우린 떨어지고 말겠군. 암 그렇고말고.'

드디어 우리 심사 차례가 됐다.

식은땀을 흘리게 만든 문제의 깻잎 초밥이다. 겉으로는 간단해 보이지만 모양을 내고 깻잎을 두르느라 시간이 오래 걸린다.

"비건 초밥이라고? 신기하네."

심사위원들은 흥미진진한 눈으로 음식을 구경했다. 한입씩 먹고는 연신 고개를 끄덕였다.

"비건 팀은 모두 4학년이라고 알고 있는데 학업이랑 병행할 수 있겠어요?"

한 심사위원이 물었다. 성주는 태연하게 대답했다.

"저희는 모두 전공 수업 한두 개만 남아서 여유롭게 운영할 수 있습니다."

아직 채워야 하는 전공 학점이 많았지만 나는 당황하지 않은 척 열심히 고개를 끄덕였다.

대회가 끝나고 우리가 만든 초밥을 한입 주워 먹었다. '어라 맛있네? 대체 왜 맛있는 거야?' 정신없는 피드백 시간을 마치고 각자 집으로 돌아갔다. 그날 헤어지면서 생각했다. '이게 우리의 마지막 만남이 되겠구나.' 짧고 강렬한 시간을 함께 보낸 팀원들하고 마지막 인사를 나눴다. 당연히 떨어진다고 생각하고 마지막 인사까지 했는데, 합격 문자를 받았다. 웃어야 할지 울어야 할지 몰랐다. 한 술 더 떠 우리 취지를 좋게 봐준 교수가 식품영양학과 학생을 소개해준다고 했다.

아, 일이 커져버렸다.

이렇게는 못 팔아요

분명 교수님에게 연락을 받은 때는 이야기나 한번 들어보자는 마음이었다. 마지막 학기를 앞두고 본격적으로 취업을 준비해야 하는 시기였지만, 전공인 식품영양학에 관련 있는 프로젝트를 하나쯤 더 하면 좋겠지 하는 가벼운 마음이었다. 처음 만난 그 자리에서 나는 베지베어의 메뉴를 바꿔버리고 자연스럽게 팀원이 됐다.

처음 만난 날, 나는 성주가 무척 진지한 사람이라 생각했다. 나는 감히 도전할 엄두도 못낼 세련되고 힙한 옷차림에 헤드셋을 낀 모습이 진보적 가치관을 지닌 반항아처럼 보였다. 여기에 회색빛이 돌 정도로 건조한 말투에 무표정으로 건네는 인사말까지 특별한 인상을 남겼다. 어색함과 친절함이 섞인 인사를 주고받으리라 예상한 시나리오가 깨졌고, 긴장감은 더해졌다. 게다가 식품하고 무관한 전공인 학생들이 비건 식당을 열다니, 비거니즘에 무척이나 진심인 사람들이구나 생각했다.

그런 감상도 잠깐 성주가 내민 핸드폰 속 메뉴 사진을 보는 순간, 나는 이 무섭고 낯선 사람들에게 돌직구를 날려버렸다.

"이 메뉴로는 장사 못 해요."

만난 지 10분도 안 지났는데 내가 무슨 말을 한 걸까. 그러나 말해야 했다. 말할 수밖에 없었다. 사진 속 메뉴는 비건 초밥 도시락이었다. 더덕구이에 깻잎으로 정성껏 둘러싼 군함말이, 정성 어린 손길이 한껏 들어간 메뉴였다. 이 사람들은 장사할 마음이 있는 걸까? 혹시 장사하다가 쓰러지고 싶은 걸까? 비건 초밥을 파는 데 무슨 환상이 있는 걸까?

비건 초밥 도시락은 잘 안 팔려도 문제이고, 잘 팔려도 문제다. 맛이 정말 좋아 입소문을 타고 손님이 많이 오는 때를 생각해보자. 주문이 열 건 밀려 있는데 밥에 깻잎을 말고 있을 건가? 초밥 위에 올라가는 다양한 재료들은 어떻게 미리 준비해놓지? 심지어 팝업 식당을 열 청년키움식당에서 쓰는 주방은 4평 남짓하다. 나를 빼면 외식업 경험자가 한 명도 없었다.

나는 준비할 재료의 가짓수가 적어야 하고, 주문이 들어오면 간단하게 조리할 수 있는 메뉴여야 한다고 제안했다. 덮밥처럼 주문이 들어오면 밥을 담고 그 위에 얹는 소스나 토핑만 달라지는 형태여야 한다고 말했다. 그 힙하고 세련된 사람들은 어느새 심각한 얼굴이 돼 열심히 고개를 끄덕이며 메모를 하고 있었다.

　지금 생각해보면 그때의 나는 참 용감했다. 처음 만나는 자리에서 레시피까지 다 결정된 메뉴로 대회에서 뽑힌 사람들에게 메뉴를 바꾸라고 하다니. 새롭게 들어올 팀원을 처음 만나는 자리에서 나올 법한 이야기는 아니었다. 왜 그랬을까. 내 입에서는 비건 초밥이 왜 팔기 힘든지, 메뉴를 변경할 때 무엇을 고려해야 하는지 같은 이야기가 줄줄 흘러나왔다. 그리고 자연스럽게 나는 베지베어의 팀원이 돼버렸다.

기쁘다 베지베어 오셨네

고
다
현

어쩌다 베지베어 팀원이 됐다. 당장 식당 오픈까지 한 달도 안 남은 상황에서, '비건 식당'이라는 콘셉트 하나만 정해져 있었다. 기껏 개발한 메뉴는 내가 판매 불가를 선언했다. 메뉴가 없으니 메뉴판도 못 만들고, 용기도 정할 수 없었다. 표준화된 맛을 낼 수 있는 레시피도 찾지 못했다. 일단 빨리 메뉴를 결정해야 했다.

다행히 교수님이 매주 목요일마다 메뉴 개발과 조리 지도를 해주겠다고 제안했다. 식품영양학과 학생으로 4년 넘게 학교를 다니면서 그렇게 조리실을 알차게 써먹은 적이 없었다. 오전 열 시에 조리실에 들어와 창밖이 깜깜해질 때까지 메뉴 개발에 매달렸다. 온갖 채소를 이리저리 썰어보고, 얼마나 넣을지 무게를 재고, 소스를 계량하고, 끓이고 또 끓이고.

성주가 레시피 수십 권과 싸우며 제시한 의견에 팀원들이 토핑 아이디어를 얹은 결과였다.

메뉴 개발 시간에 내가 입에 달고 다닌 말은 '무게 재야 해', '끓인 시간 쟀어?'였다. 다른 사람이 툭툭 던지는 피드백을 메모해서 정리도 해야 했다. 어느 양념을 얼마나 더 넣었는지 모르면 맛을 재현할 수 없는데 다들 적지도 않고 조리법을 휙휙 바꿔서 신기했다. 다들 메뉴를 개발할 때 재료 무게를 재고 조리 시간을 재야 하는 줄 모르고 있었다. 꼼꼼히 기록하고 챙기는 나를 신기해했다. 나는 전공 수업을 들으면서 당연하게 여긴 과정들이었다. 이런 차이를 발견하자 걱정이 됐다. 앞으로 훤한 고생길을 견딜 수 있을까.

몸과 마음이 너덜너덜해진 마지막 조리 실습 시간, 덮밥 메뉴 하나가 완성됐다. 가지와 애호박, 새송이버섯, 양파, 마늘을 불맛 나게 볶아 얹은 덮밥이었다. 소스는 된장과 고추장 두 가지 맛. 노릇하게 구운 두부와 튀긴 연근 칩, 색감을 살려주는 방울토마토를 토핑으로 얹고, 유자 오리엔탈 드레싱을 뿌린 그린샐러드를 곁들인 구성이었다. 고기도 없고 치즈도 뺐다. 채소만 가득한 이 메뉴가 정말 맛있을까?

된장 소스를 뿌린 덮밥을 한 숟가락 떠서 입에 넣었다. 참기름과 깨의 고소한 맛, 된장의 짭조름한 맛, 입안에서 퍼지는 청양고추의 향이 잘 어울렸다. 은은

한 불향을 입은 채소들은 얼마나 맛있던지. 탱글탱글 씹히는 새송이버섯과 기름을 적당히 먹어 고소한 가지. 색감을 더하려고 넣은 방울토마토는 중간에서 느끼함을 잡아줬다. 확신이 든 순간이었다.

됐다. 이거라면 팔 수 있어.

우리 소꿉장난하니?

"애호박 무게 쟀어? 버섯이랑 연근은? 고추장 소스에 참기름은 얼마나 들어갔어?"

다현이가 쉴 새 없이 물음표를 던졌다. '요리는 손맛, 계량은 눈대중으로'를 외치던 나는 혼란스러웠다. '뭐라고? 뭘 재라고?'

팝업 식당을 준비하는 한 달 동안 우리는 매일같이 조리실에 모였다. 강의가 시작하기 전 아침에 졸린 눈을 비비적대면서 만났지만 뭐부터 시작해야 할지 난감했다. 실력이 빵빵한 교수님이 아무것도 모르는 우리를 자비롭게 거두셨다. 카리스마 넘치는 교수님이 현장을 진두지휘하고, 우리는 수첩 하나 들고 열심히 뒤를 쫄래쫄래 쫓아다녔다.

시작부터 고난이었다. 열정 넘치던 성주가 애호박을 열심히 썰고 있는데 교수님이 단호하게 말했다.

한 달이라는 짧은 시간, 베지베어의 이불덮밥이 탄생하는 기적이 일어났다.

"얘 말고 칼 잡을 사람 없니?"

팝업 식당 준비는 만만치 않았다. 학교를 다니면서 여러 프로젝트를 경험했지만, 난데없는 팝업 식당 프로젝트는 생각도 못했다. '언젠가 내 식당을 열 수도 있지 않을까?' 하고 막연하게 꿈꾼 적은 있었다. 그 날이 이렇게 빨리 올 줄 몰랐다. 인생은 계획대로 되는 게 하나도 없다. 그나마 식품영양학과 전공인 다현이는 전공 수업으로 조리실을 열심히 들락날락하며 레시피를 표준화한 경험이 있었다.

다현이가 저울을 가져다놓고 새송이버섯 한 개와 애호박 한 개의 무게를 쟀다. 깍두기 크기 채소를 한 개씩 저울에 올려 무게를 재는 모습에 웃음이 났다. '소꿉장난해? 뭐하는 거지. 이렇게 식당을 하겠다고?'

레시피 표준화가 필요한 이유를 전혀 모르던 나는 의문이었다. 후추 적당히, 소금 적당히. '요리는 감이지'를 외치며 항상 느낌대로 요리를 했다. 무게를 재고 레시피에 맞춰 요리를 해야 한다는 사실을 안 그 순간 마음대로 요리할 수 있는 자유는 이제 끝났구나 싶었다. 티도 안 날 만큼 참기름을 조금씩 넣으며 고추장 소스를 계량하고 있으려니 얼마나 답답하던지.

아가씨 대한민국 사람 아니야?

민
성
주

팝업 식당은 장점이 확실하다. 임대 계약을 하러 부동
산을 돌아다니지 않아도 되고, 주방 후드, 업소용 가
스, 싱크, 작업대를 안 사도 된다. 레시피와 인력만 있
으면 가게를 운영해도 될 정도다. 그런데도 발품 팔아
돌아다니면서 고른 한 가지가 있는데, 바로 포장 용기
다. 온라인에 포장 용기를 검색하면 수백 가지 제품이
뜬다. 자세한 설명과 실측 사이즈가 나와 있다. 모니
터만 보고는 음식이 어떻게 담길지 제대로 가늠할 수
없다. 온라인 쇼핑이 잘돼 있는 시대이지만 직접 보고
사겠다며 방산시장으로 향했다.

방산시장은 제빵 용품부터 포장 용기까지 취급하
는 인쇄, 포장 전문 시장이다. 다닥다닥 붙은 가게들
과 지난 세월이 짐작되는 낡은 간판들이 연이어 보였
다. 핸드폰으로 지도를 보며 걸어도 도대체 시장 입구

가 어디인지 알 수가 없다. 시장으로 통하는 입구들을 헤매며 돌아다니던 내 입에는 어느새 호떡이 물려 있었고, 간식의 힘 덕분인지 포장 간판이 줄지어 선 골목이 드디어 보였다. 골목 초입 아무 가게나 들어갔다. 온갖 포장지와 포장 용기가 가득 보이는데 가격이 붙어 있지 않았다. 'DPR-1000.' 마음에 드는 용기의 밑에 적힌 유일한 글자였다. '여기서 뭘 어떻게 사야 하지. 조금만 사 가서 어떤 용기에 잘 담기는지 확인하고 싶은데.'

"이거 하나씩 파나요?"

"안 팔아요."

"최소 몇 개씩 사야 하나요?"

"손에 들고 있는 건 1000개, 그 옆에 건 500개."

거의 쳐다보지도 않고 대답하는 사장님은 목소리만 들어도 어떤 손님인지 견적이 나오는 듯했다. '최소 수량이 1000개? 이 용기를 1000개 샀는데 안 맞으면 어떡하지? 그나저나 한 달 동안 용기 1000개를 다 쓸 수 있나?' 물론 다 쓰고도 모자라 다시 사게 됐다.

몰려드는 걱정들로 머릿속이 분주해졌다. '그래. 우선 마음에 드는 용기를 사진으로 찍어두자.' 발걸음을 옮겨 다음 가게로 향했다.

"샘플 안 드려요."

다음 가게에서 들은 말이다. 포장 용기 중 마음에 드는 용기를 하나씩 샘플로 가져가는 방법이 있는데, 막상 와보니 샘플을 주는 곳을 찾기가 영 힘들다. 정말 마음에 드는 용기가 있다면 대량 구매를 할 텐데 생각보다 펄프로 만든 용기가 다양하지 않다. 플라스틱이 아니라 펄프 용기를 사겠다고 결심했는데, 100종 중 90종은 플라스틱 제품이었다. 그나마 있는 펄프 용기는 김밥을 담는 얇고 납작한 상자다. 한쪽에 샐러드를 담고 한쪽에 밥을 담아야 하는 우리 메뉴에는 적당하지 않았다.

마땅한 펄프 용기를 찾아 돌아다니다가 다른 곳보다 유난히 깔끔하고 정돈된 가게에 들어갔다. 다른 데서 파는 용기보다 깊어서 밥을 넉넉히 담을 수 있고 두 칸으로 나뉘어 한쪽에 샐러드도 넣을 수 있는 펄프 도시락이 보였다.

"이거 얼마인가요?"

"세전 380원."

"세금 붙으면 얼마인가요?"

"아가씨 대한민국 사람 아니야? 세금 10프로."

사장 아저씨는 진짜 별난 사람을 본다는 듯 대답

했다. 내가 여기에서 물건을 살 수 있는 기본 지식조차 없는 사람이라는 게 느껴져 얼굴이 화끈거렸다. 그때는 부가가치세가 얼마나 붙는지 몰랐다. 물건값을 '세전'으로 부르는 이유도 전혀 알지 못했다. 알겠다고 하고 급히 가게를 빠져나와 울적해진 마음으로 거리를 걸었다.

고작 포장 용기 하나 고르는 일도 힘들어하는 내가 매장을 운영할 수 있을까? 분명 아침에 왔는데 하늘은 어느새 불긋불긋하다. '오늘도 못 고르면 안 돼. 팀원들한테 얼른 용기를 보여줘야 해.' 물러설 곳이 없다는 마음으로 비장하게 가게에 들어갔다. 아직 학생 태가 풍기는 나는 누가 봐도 물건을 많이 사거나 정기적으로 주문을 할 거래처로 여겨지지 않았을 것이다. 당연히 사장님은 나한테 관심이 없었다. 하루 동안 돌아다니면서 깨달은 점이 있다면 내 태도에 따라 상대방의 태도가 결정된다는 사실이었다. 마음에 드는 펄프 용기를 골라 뒤에 적힌 모델명과 수량을 말했다.

"디피아르 1000D, 이거 1000개 주문할게요."

몇 개가 최소 수량이냐는 질문 따위는 하지 않았다. 사장님은 나를 쓱 쳐다보더니 가격을 적은 거래명세서를 줬다. '큰돈이다. 함께 식당을 하자고 모은 친

방산시장에서 본 펄프 용기 후보들.

구들이 십시일반 걷어준 돈이다. 조금이라도 돈을 아껴야 한다.'

"사장님, 저희가 서대문구에서 운영하는 복합문화단지에 들어가는데요. 거기에 청년 식당들이 엄청 많은데, 저희한테 싸게 주시면 그분들한테 사장님 가게 명함 드릴게요. 저희 뒤에 입점하는 가게도 많아요. 저희 가게에 명함 두고 추천할 테니까 가격 조금만 낮춰주시면 안 될까요?"

사장님은 가격을 깎아줬다. 아까 본 가게보다 훨씬 쌌다. 바로 입금하고 가게를 나왔다.

이제 모든 게 준비됐다. 신촌기차역 앞 컨테이너를 쌓아올린 듯한 건물에 4평짜리 작은 주방, 된장과 고추장이 올라가는 불맛 가득한 채소 덮밥, 음식을 담을 펄프 용기까지.

그 뒤로 모든 게 일사천리였다. 팀원들과 머리를 맞대고 식당 이름도 정했다. 채소가 가득한 메뉴를 파는 채식 식당이니까 '베지^{vege}'에, 채식을 하면 몸이 약해진다는 이미지를 깨기 위해 힘센 동물 '베어^{bear}'를 붙였다. '테디 베어'하고 발음도 비슷해서 읽기 쉬웠다. '베지베어'가 탄생했다.

2

한 달만 하자,
비건 식당

우리 욕만 먹다 끝나는 거 아냐?

민
성
주

보통 가게를 열면 '오픈빨'이라는 게 있다. 새로 문을 연 가게가 문을 연 식당이라는 이유만으로 주목을 받으면서 일정 기간 손님들이 몰린다는 얘기다. 그런데 그런 것도 어느 정도 홍보를 해야 생긴다. 우리가 가게를 여는지, 무슨 가게가 여기 있는지, 사람들이 알지도 못하는데 오픈빨이라니. 하루 세끼 고기반찬 없으면 밥을 먹지 않는 사람이 천지에 널렸는데, 신촌 구석에 생긴 4평짜리 테이크아웃 채식 음식점에 손님이 많이 오리라는 기대는 일찌감치 접었다.

오픈 당일 한껏 기합을 넣고 가게문을 열었다. 세 시간이나 일찍 나왔기 때문에 여유로운 마음으로 어제 준비해둔 채소 통을 열었다. 분명 손질한 채소들이 통을 가득 채우고 있었는데, 내 눈이 잘못된 건지 다시 봐도 통 안은 휑했다. 바닥을 보니 물이 흥건하다.

한 달짜리 팝업 식당 베지베어의 모습. 썰고 볶는 과정의 연속이었다.

채소를 소금과 후추로 마리네이드한다는 게 밤새 채
소를 절인 셈이 됐다. 김치를 평생 먹어온 내가 채소
는 소금을 뿌려 절인다는 당연한 사실을 간과하다니.
더 가관은 오픈 첫날 호기롭게 받아둔 단체 주문 20
인분이었다. 새로 채소를 사 와서 급하게 준비하지만
배달 시간에 늦고 심지어 급하게 만든 맛없는 도시락
에 학생들이 혹평을 남기는 캄캄한 미래가 순식간에
머릿속을 스치고 지나갔다. 떨리는 목소리로 다현에
게 말했다.

　"우리 욕만 먹다 끝나는 거 아냐?"

　하늘이 무너져도 솟아날 구멍은 있다지 않나. 걸
어서 5분 거리에 웬만한 채소는 모두 파는 가게가 있
었다. 얼른 뛰어가 채소 20인분을 샀다. 칼질에 엄청
난 혹평을 들었던 나이지만 그 순간만큼은 누구보다
빠르게 칼을 휘둘렀다. 오픈 첫날부터 식은땀을 흘려
가며 도시락을 포장하고 무거운 침묵 속에서 두려움
에 떨다가, 제시간에 아슬아슬하게 배달할 수 있었다.
드라마 같은 하루가 이 날로 끝이라면 좋을 텐데, 오
픈 이벤트에 지나지 않았다.

덮밥 소스 없이 덮밥 팔기

성주가 겪은 일화는 오픈 기념 세리머니에 지나지 않았다. 악몽 같은 첫날이 지나가고, 당연히 이제 이런 실수는 없겠지 싶었다. 끝은 아니었다. 우리는 할 수 있는 실수는 다 해봐야겠다는 사람들처럼 숱한 사고를 쳤다. 찬란한 그 이야기를 공유해보려 한다.

첫째 이야기, 소스 없는 덮밥 팔기

4월은 벚꽃의 계절이다. 대학생에게 4월은 중간고사의 계절일 뿐이다. 단과대 학생회는 지친 학생들에게 단비 같은 시험 간식을 준비한다. 편하게 먹을 수 있는 컵밥을 흔히 메뉴로 정하는데, 육식 위주였다. 대학에도 비건들이 늘어나면서 비건 메뉴를 준비하는 학생회가 하나둘 나타났고, 베지베어에도 덮밥 주문이 들어왔다. 안 그래도 정신없는 오픈 첫 주가 여기

저기서 밀려든 시험 간식 주문 예약으로 가득찼다.

문제의 그날, 아침 근무자 두 명은 시험 간식을 열심히 만들었다. 가지, 버섯, 양파를 정성스레 썰어 뜨거운 불에 재빠르게 굽는다. 첫날 실수한 만큼 오늘은 절대 잘못하지 말자며 의지를 다지고 덮밥을 만들어 배달했다. 할 일을 다 마쳤다고 생각한 둘은 단톡방에 메시지를 전했고, 나머지 팀원들은 수고했다며 격려했다. 모두 해피 엔딩이라 생각했다.

그냥 넘어갈 베지베어가 아니었다. 하필 이날 간식을 주문한 곳은 내가 속한 단과대 학생회였다. 수업이 끝나고 나가니 베지베어 시험 간식이 남아 있었다. 배달된 덮밥 맛이 궁금해서 학생증을 보여주고 간식을 받았다. 뚜껑을 여는 순간 맛있는 채소볶음 냄새가 코를 찔렀다. '오, 이 녀석들 제법인데?' 열심히 비벼서 먹는데, 뭔가 허전했다.

소스가 없었다. 베지베어 덮밥은 구운 채소에 된장소스나 고추장소스를 넣어 비벼 먹어야 한다. 아무리 들춰봐도 소스가 단 한 방울도 보이지 않았다. 다행히 채소에 소금과 후추로 기본 간을 해 큰 문제는 없었지만 자꾸 이 두 명이 실수하는 게 큰 문제였다. 소스 없는 덮밥이 있었다. 바로 베지베어에.

이불 된장 소스와 고추장 소스.

둘째 이야기, 생채소 좋아하시나요?

불 앞에서 채소를 볶는 일은 내 몫이었다. 다섯 명 중 가장 조리 경험이 많아 어느새 불 다루는 데 도사가 돼 있었다. 채소 덮밥은 채소를 센 불에 빨리 볶아야 하는 음식이었다. 내가 불에 맞서 싸우며 채소를 볶으면, 시완이는 볶은 채소를 밥에 올려 포장하고 서빙했다. 점심시간은 늘 전쟁이었고, 포스기 앞에는 주문하려는 손님들이 줄을 이었다.

그날도 사람이 많았다. 정신없이 프라이팬을 돌려가며 채소를 볶았다. 마지막 주문을 서빙하고 빈 프라이팬에 생채소와 생마늘을 올려놓았다. 뻣뻣한 목과 허리를 풀고는 다시 채소를 볶으러 불 앞으로 갔는데, 생채소로 가득하던 프라이팬이 싹 비어 있었다.

"여기 있던 채소 어디 갔어?"

시완이는 너무나 해맑게 대답했다.

"방금 포장 손님 주문에 나갔어."

생마늘과 생채소가 그냥 나갔다고? 원래 잘 당황하지 않는 성격인 내가 눈을 동그랗게 떴다.

"야, 그거 생채소야."

그때부터 '베지베어 런닝맨'이 시작됐다. 시완이는 왼쪽 방향으로 뛰고, 나는 오른쪽 방향으로 달렸다.

다행히 박스퀘어 출구 쪽에서 그 불쌍한 손님을 찾을
수 있었다. 이미 베지베어가 만든 덮밥이 맛있다고 소
문난 뒤라 덮밥을 든 손님은 무척 행복한 표정이었다.

죄송하다고, 조금만 기다려주시라고 한 뒤, 밀키트
나 다름없는 생채소 덮밥을 구운 채소 덮밥으로 바꿔
서 드렸다. 생마늘 씹는 손님 모습을 상상하면 지금
도 아찔하다.

셋째 이야기, 설익은 밥 30인분 하기

문제의 시완이가 여기 또 등장한다. 간단히 이야기
하면 배려심이 넘치는 친구다. 말투와 표정은 시니컬
그 자체지만 본심은 전혀 그렇지 않다. 그날도 나는
수업을 마치고 베지베어에 출근했다. 시완이는 나하
고 바통 터치를 한 뒤 퇴근할 준비를 하고 있었다. 해
맑은 모습으로 나를 반기는 시완이가 앞치마를 건네
더니 엄청난 비법을 말해주겠다고 했다. 갑자기 심장
이 두근두근했다.

"은하야. 내가 밥 맛있게 하는 방법 알려줄까?"

"응, 뭔데?"

"쌀을 뜨거운 물에 넣고 취사를 누르면 밥이 금방
되고 맛있어."

아이고 고마워라. 밥을 맛있게 하는 방법이라니. 밥솥 광고 속 밥처럼 하얗고 윤기가 좌르르 흐르는 밥이 머릿속에 그려졌다.

시완이는 뿌듯해하며 퇴근했고, 나는 시완이가 알려준 비법대로 밥을 했다. 뜨거운 물에 쌀을 넣고 취사 버튼을 힘차게 눌렀다. 취사 버튼을 누른 지 10분도 안 지나 밥이 됐다. 역시 비법이군. 멋진 녀석. 보온으로 넘어가자마자 잔뜩 기대하며 밥솥 뚜껑을 열었다. 밥을 섞는데 미지근한 생쌀이 얼굴에 튀었다. 생쌀과 베트남 쌀 사이 어딘가 설익은 밥 30인분이 나를 맞이했다.

"이 망할 놈의 밥솥!"

애꿎은 밥솥만 두들겨댔다. 왜 밥이 설익었는지 몰라 밥솥 탓을 했다. 그뒤로도 계속 시완이의 비법으로 밥을 했다. 취사 버튼을 누르고, 누르고, 또 누르고, 밥이 될 때까지 눌러댔다. 네가 이기나 내가 이기나 어디 해보자는 마음으로 밥솥하고 싸움을 계속했다. 한참 지나서야 알았다. 뜨거운 물에 밥을 하면 밥솥이 온도가 충분히 올라갔다고 감지해 금방 보온으로 넘어간다. 물론 밥은 하나도 되지 않은 채.

시완이는 팝업 식당을 마치고 자기 길을 가기 위해

떠났다. 시완이는 베지베어 밀크티의 창시자이기도 하다. 귀여운 실수 말고도 시완이가 베지베어에서 남긴 업적들은 셀 수 없이 많다.

시작은 라면땅

엄마는 내가 어릴 때부터 극성맞았다고 한다. '극성맞
다'란 '성질이나 행동이 몹시 드세거나 왕성하고, 지나
치게 적극적인 데가 있다'는 뜻이다. 나서기를 좋아하
는 나는 '내가'를 입에 달고 살았다.

겁도 없고 아는 것도 없는 아기일 때도 세상에 관
심이 많았다. 이 일 저 일에 참견도 많이 하고 다닌 나
는 교회 예배 시간에도 오지랖이 넓었다. 제 젖병이나
잘 먹을 일이지 남의 가방에서 젖병을 찾아 아기들 먹
이라고 참견까지 했으니 말이다.

타고난 적극성 덕분에 엄마나 할머니가 음식을 할
때도 참견하고 싶어 안달이 났다. 누가 부탁하지도
않았는데 고춧가루 통 뚜껑을 열거나 깨 뿌리는 일을
하게 해달라고 주변을 알짱거렸다. 그렇게 부엌에 발
을 들이기 시작했다. 옆에서 거들다 보니 들어가는 재

근무할 때 사용한 모자와 앞치마. 항상 퇴근할 때 이렇게 걸어둔다.

료의 종류나 양, 조리법을 자연스럽게 익히게 됐다. 눈치가 꽤 빨라서 누가 가르쳐주지 않아도 엄마와 할머니의 레시피가 어느새 내 것이 돼 있었다.

어느 날 갑자기 텔레비전에서 본 장면이 생각나서 부엌으로 들어가 프라이팬에 기름 두르고 라면 부숴 구운 뒤 설탕으로 버무려 라면땅을 만들었다. 입맛 까다로운 동생이 아주 맛있게 먹은 기억이 난다. 실패하기가 더 힘든 라면땅은 요리란 즐거운 일이고 누군가 내가 한 음식을 맛있게 먹는 모습을 볼 때 그 즐거움이 더해진다는 원체험으로 자리잡았다. 망치기 일쑤였지만, 라면땅에서 시작해 샌드위치, 볶음밥, 파스타 등으로 점점 레벨을 높였다. 어릴 적 부엌에서 한 삽질이 지금 불을 다루는 중책으로 이어질 줄은 꿈에도 몰랐지만.

어린이 라면땅 요리사는 커서 베지베어에서 한몫을 하게 된다. 아니 어쩌면 두 몫일 수도 있겠다. 벼락치기로 키운 팀원들 조리 실력은 주문량에 견줘 턱도 없었고, 자연스럽게 내가 그 빈틈을 채워야 했다.

"이거 내가 할게."

타고난 오지라퍼는 이 말을 입에 달고 살았다. 수업을 마치고 베지베어로 출근하면 팀원들은 모세의

기적처럼 화구 앞자리로 길을 내어줬다.

"너랑 일하는 게 편해."

시완이가 이야기하면 현민이는 웃으며 받았다.

"누구나 그럴걸?"

사실 부담스러울 때도 있었다. 내 밥그릇 하나 차릴 정도일 뿐인데 이렇게 나를 믿는다니, 차라리 믿지 말아달라고 하고 싶을 때도 있다.

그런데 적지 않은 이 부담감이 더 성실히 일할 수 있는 원동력이 된다는 건 분명했다. 내 부족함을 알기 때문에 할 수 있는 모든 것을 해보려고 다 같이 노력했다. 같이 일하는 동료들에게 내 손길이 필요할 때는 주저 없이 달려 나갔고, 팀을 위해 투자하는 시간이 아깝지 않았다. 우리는 한 달 전만 해도 이름도 모르고 얼굴도 낯설었지만, 이제 어느 사이보다 끈끈했다. 혼자가 아니었다. 뒤에서 받쳐주는 팀원들을 믿고 '팝업 식당 성공'이라는 목적지를 향해 달렸다.

책가방에는 생마늘과 양파가

학창 시절 누구나 한 번쯤 준비물이나 숙제를 깜빡해 학교 로비에 있는 공중전화로 '콜렉트 콜 1541'을 눌러본 적이 있다. 무료로 통화할 수 있는 3초 안에 외쳐야 한다.

"엄마, 나 준비물."

평소처럼 신나게 교실에 들어온 나는 익숙한 동작으로 책가방을 내려놓았다. 아니, 내려놓으려 했다. 어깨를 아무리 쓸어도 있어야 할 게 없었다. 가방 없이 몸만 달랑 등교한 모양이었다. 교문에 서 있던 선생님은 왜 안 알려줬지? 책가방을 안 챙긴 나를 탓하기보다 재빨리 남 탓을 하는 싹수 노란 어린 성주는 바로 1541을 눌렀다.

"엄마, 책가방."

공중전화로 다시 전화가 왔다.

베지베어 팝업 마지막 날, 음식을 주문하려고 길게 늘어선 대기줄.

"어, 성주야. 뭐 놓고 갔다고?"

엄마는 책가방을 두고 갔다고는 생각지도 못했다.

"엄마, 나 학교 왔는데 책가방이 없어."

무기 없이 전쟁터 가는 사람이 어디 있냐고 혼날 줄 알았건만 엄마도 너무 당황했는지 책가방만 그냥 건네고 갔다.

대학에 합격하고 나서 초중고 합쳐 12년간 어깨를 매일같이 짓누른 책가방을 들고 다니지 않아도 된다는 사실이 가장 설렜다. 대학교는 교과서를 들고 다니지 않아도 될 뿐만 아니라 강의 자료도 인터넷으로 내려받아 프린트하거나 노트북에 띄웠다. 무거운 책가방을 내려놓고 최소한의 짐만 에코백에 넣고 다니던 내가 다시 터질 듯 빵빵하게 채운 백팩을 메게 됐다. 책이 아니라 채소를 담기 위해서다.

첫날 조기 매진 사태를 겪은 우리는 단지 우연의 일치이고 한 번뿐인 행운이라고 생각하면서 조심스레 둘째 날을 맞이했다. 그런 우리를 비웃기라도 하듯 4월 화창한 날씨에 손님들이 줄을 서기 시작했다. 분명 냉장고에 채소가 가득차 있었는데 정신없이 주문을 받다 보니 채소가 다 떨어지고 없었다. 이미 주문을 받은 뒤였다.

괜히 찍어본 귀여운 마늘과 가게에서 보이는 신촌기차역.

한 명은 부족한 토핑을 손질하고, 한 명은 책가방을 든 채 헐레벌떡 채소 가게로 뛰어갔다. 손에 잡히는 대로 가지, 양파, 두부를 쓸어 담고 다시 가게로 뛰었다. 누가 준비된 자에게 기회가 온다고 했을까. 전혀 준비가 안 된 우리는 거의 벌거벗은 몸으로 들이닥치는 주문을 받아내야 했다. 채소를 썰고, 썬 채소를 볶고, 부족한 샐러드를 씻으면서 주문을 하는 손님에게 물어봤다.

"지금 주문을 하시면 30분 이상 걸리는데, 그래도 괜찮으신가요?"

"네, 괜찮아요. 기다릴게요."

손님은 자비롭게 웃으며 대답했다. 아이러니하게도 우리에게는 무자비의 끝판왕이었다. 미친 듯이 밀린 음식을 조리하면서 팀원들에게 문자를 보냈다.

"수업 언제 끝나? 얼른 와."

하루치 채소가 반나절 만에 동난 사실을 안 팀원들은 발을 동동 구르며 수업을 마치기도 전에 뛰어와 앞치마를 맸다. 다음 수업이 있는 팀원은 수업 시작 5분 전까지 채소를 볶다가 강의실까지 5분 만에 완주하는 신기록을 세웠다.

수요 예측 실패와 미숙한 실력, 인력 부족. 노답 삼

형제를 갖춘 우리들은 4월 내내 책가방을 생마늘과
생양파로 채운 채 뛰어다녔다.

이대 맛집이 되다

민
성
주

'하면 된다'는 무책임한 말은 어느새 생활신조가 됐다. 칼조차 제대로 못 잡아 조리 선생님이 보내는 불신의 눈초리를 받던 나였다. 날마다 양파와 가지를 썰다 보니 손은 '주인님이 생존을 위해 칼을 잡아야한대' 하는 듯했다고, 어느새 눈뜨고 봐줄만한 실력이 됐다. 그렇게 브레이크 타임도 없이 2주 동안 장사를 하니 다녀간 손님들이 많은 후기를 남겼다. 한 달만 영업하고 없어진다는 소식에 먼 길을 달려온 손님들도 있었다.

눈팅만 하는 나 같은 트위터리안의 피드에도 베지베어 방문 후기가 보였다. 놀랍게도 맛집 후기를 올리는 계정이었다. 뜻밖의 소식에 나도 모르게 입이 벌어졌다. 베지베어도 맛집 반열에 올라섰다!

트위터 맛집 계정에 올라간다고 모든 사람들의 맛

손님들이 건넨 비건 간식과 쪽지.

집으로 인정받는 건 아니다. 맛집의 객관적 기준을 누가 정해주지도 않는다. 그렇지만 우리 음식을 맛본 어떤 사람이 자기 소셜 네트워크 서비스에 많은 사람들이 이 식당 음식을 먹어보면 좋겠다는 이야기를 하다니, 그런 때보다 더 짜릿한 순간이 있을까. 시간에 쫓기다가 베인 손가락과 데인 살갗은 아직도 낫지 않았지만, 아무래도 기분이 좋다.

점심 피크 타임을 끝내고 잠깐 숨 돌리고 있을 때였다. 어떤 손님이 불쑥 뭔가를 내밀었다. 어리둥절하며 보니 옹기종기 다양한 과일을 담은 통이었다.

"음식 감사하게 잘 먹었어요. 힘드실 텐데 이거 드시면서 하세요."

세상에, 내가 잘못 들은 걸까. 언젠가 인터뷰를 하면서 이런 질문을 받은 적이 있다. 다양한 고객층을 확보할 수 있게 논비건 메뉴를 하실 생각은 없나요? 외식업이랑 아무런 연고가 없는 내가 이 식당을 한 이유는 단 한가지다. '비건' 식당이기 때문이다. '비건' 식당이 아니라면 내가 식당을 운영할 이유가 없다. 대학교 앞에 비건 식당이 하나도 없어 비거니즘을 하고 싶어도 환경이 부족해 실천하기 힘들었을 학생들을 위한 곳이다. 가치관이 옵션으로 존재하는 게 아니라 그

것이 너무 당연하고 전부인 곳을 만들고 싶었다.

　공짜 음식을 제공하는 것도 아닌데 선물까지 주다니. 다정함이 뚝뚝 흘러 떨어지는 과일을 먹으며 생각했다. 아무도 해치지 않는 음식에 보내는 응원이라고. 내가 지금 하는 일은 제값을 치른 소비자가 선물까지 주고 갈 정도로 멋지다고.

4월이 헛된 시간은 아니었을 거야

고
다
현

팝업 식당 베지베어의 하루는 이랬다. 늦어도 아홉 시 반부터 오픈을 준비하기 시작한다. 먼저 새벽에 도착한 재료들을 풀어 수량과 상태를 확인하고 정리한다. 밥을 짓고, 두부를 부치고, 샐러드로 나갈 양상추를 뜯는다. 주문을 받기 시작하는 열한 시부터 한 시간 반 간격으로 손님이 몰려온다. 손님들은 대부분 학생이라 수업이 없는 시간에 밥을 먹으려 하기 때문에 수업이 하나 끝날 때마다 한꺼번에 들이닥친다.

그렇게 저녁 일곱 시까지 음식을 팔고 나면 냉장고도 텅텅, 우리 체력도 텅텅. 너덜너덜해진 채 남은 재료를 다 때려넣어 만든 볶음밥을 들고 주방에서 터덜터덜 나온다. 오늘도 정말 힘든 하루라고 이야기하며 밥을 먹고 나면 벌써 저녁 여덟 시. 이때부터 다음날 준비를 시작한다. 소스를 만들고, 내일 쓸 채소를 미리 썰고, 토핑으로 올릴 연근 칩과 튀밥을 튀기고, 밀크티 시럽을 끓여야 집에 갈 수 있었다. 내일 쓸 재료를 모두 준비하고 나면 시간은 어느새 자정이 훌쩍 넘어 있다. 주방을 탈출하듯 후다닥 나오면서 우리는 서로 외친다.

"너희 다 노동청에 신고할 거야."

4월 한 달 베지베어의 노동 강도는 정말 가혹했다. 학교 수업을 듣는 시간을 빼고 남는 모든 시간을 일하는 데 썼다고 해도 지나치지 않았다. 우리 가게가 입소문이 나고 많은 손님이 찾아와 정말 기뻤지만, 체력이 갈려 나가는 느낌은 어쩔 수 없었다. 내 몸이 힘든 것도 걱정이지만, 다른 팀원들이 지쳐서 베지베어를 탈출해버리면 어쩌나 하는 생각에 더 힘들었다.

처음 팀에 합류한 3월 초부터 일이 고되리라 예상하고 있었다. 메뉴 조리 연습과 주방 시스템을 갖춰야 할 시간을 새로운 메뉴를 개발하는 데 써버렸다. 어떤 조리 도구를 쓸지, 각 식재료는 어디에 보관할지 같은 세세한 사항을 정하고 모든 팀원이 숙지하는 과정이 없었다. 조리법, 주방 설비 사용법, 포스기 사용법 등을 다 같이 익힐 시간이 부족했다. 요일을 정해 매주 벌어진 일을 공유하고 개선할 방법을 찾아야 하는데,

주간 회의를 하자는 말은 다른 급한 일에 밀려서 꺼낼
수도 없었다. 당장 해야 하는 일에 치여서 다음을 준
비하지 못했다. 문제를 알고 있는데 해결하지 못하는
상황이 답답했다.

기다면 길고 짧다면 짧은 4년 동안 식당 아르바이
트를 해본 경험에 비춰보면, 체계적인 시스템 아래 매
뉴얼을 따라 일할 때 훨씬 덜 힘들었다. 잘 모르는 문
제는 다른 사람을 붙잡고 물어보지 않고 매뉴얼을 보
면 해결할 수 있었다. 포스기에서 환불하는 법을 몰라
손님에게 환불이 안 된다고 말해야 하는 황당한 상황
에서도 수업 듣고 있는 다른 팀원에게 전화해 곤란하
게 만드는 사태를 피할 수 있다. 일하는 사람이 받는
스트레스가 줄고 손님도 일정한 서비스를 받을 수 있
다. 처음 열어보는 내 식당이라 직원도 손님도 만족
하는 레스토랑을 만들고 싶었다. 한 달이라는 시간은
시행착오를 겪기에도 바쁜, 너무 짧은 시간이었다.

개발한 메뉴를 뒤엎고 상황을 더 바쁘게 만든 주범
은 바로 나였다. 메뉴를 바꾸자고 제안하는 통에 준
비 시간이 짧아졌고, 그런 어마무시한 일을 저지른 처
지에서 말을 더 얹기가 망설여졌다. 시스템을 만들어
야 한다고 더 강하게 말하지 못했다. 만난 지 한 달도

안 된 사이인데다가 나도 그렇게 대단한 전문가가 아니라 더 나서기 어려웠다. 급한 일이 쌓인 상황에서 내 말은 조언이 아니라 잔소리가 돼 허공을 맴돌 게 뻔했다. 다른 팀원들은 그런 필요성을 느낄 이유가 없어 보였다. 베지베어가 완벽한 식당이 되는 일보다 한 달 동안 얻게 될 즐겁고 뿌듯한 기억이 중요하다고 생각하는 듯했다. 그렇다면 내가 자꾸 말을 달기보다는 같이 시행착오를 겪어가는 게 맞지 않을까.

부족한 상태로 시작한 베지베어는 매일이 우당탕탕 실수 연발이었다. 서투름이 가득차다 못해 넘쳐 튀어나오는 한 달짜리 비건 팝업 식당이었다. 후회하느냐고 묻는다면 단호하게 아니라고 답하겠다. 매뉴얼은 없었지만, 우리는 근무 시간이 아니어도 매장에 들러 손이 부족한지 살피고 거들면서 서로 요령을 배웠다. 주간 회의는 없었지만, 매일 그날 일을 단톡으로 이야기하며 매장 상황을 공유했다. 체계는 없었지만, 서로 배려하고 생각하는 마음 덕에 부족한 부분을 메우고 추억을 쌓아갔다. 그때를 떠올리며 웃고 있는 나를 보면 구를 대로 구른 4월이 헛된 시간은 아니었나 보다.

강인한 자만 살아남는 세계

민
성
주

강한 자만이 살아남는다. 요식업의 세계에서는 정말 그렇다. 정신이나 개성이 아니라 말 그대로 몸이 강인한 자만이 살아남을 수 있다. 아직 학생이라 강의를 들으면서 단체 주문과 상시 판매 주문을 감당하다 보니 스물네 살에 한의원을 드나드는 몸이 됐다. 한의원은 궁서체 간판에 나이 지긋한 아줌마나 아저씨들이 허리에 손 짚으며 가는 곳이라고 생각했다. 아직 어린 내가 발을 들이기에는 유난스러워 보였다. 젊은 몸만 믿고 브레이크 타임 없이 일하자 몸은 양심이 있냐며 이상 신호를 보냈고, 프라이팬을 휘두르던 내 왼쪽 팔은 갑자기 파업을 선언했다.

　베지베어 정기 휴무는 매주 토요일이었다. 금요일에 퇴근하면 오늘 저녁은 이 세상에서 가장 쓸모없는 인간으로 살아야지 마음먹고는 끼니를 거른 채 군것

질거리를 사 왔다. 인간은 직립 보행을 할 수 있다는 말이 무색할 만큼 와식 생활의 끝을 보여주면서 옆으로 돌아누웠다.

'음……?'

분명 몸을 돌렸는데, 몸이 안 돌아갔다. 돌린다고 생각만 한 걸까. 다시 한 번 움직이는데, 몸이 툭 떨어지며 천장을 보는 상태가 됐다. 팔이 안 움직였다. 인간은 팔이 안 움직이면 혼자 돌아눕지 못한다는 사실을 처음 깨달은 나는 오밤중에 전화를 걸었다.

"엄마, 나 팔이 안 움직여."

엄마는 비몽사몽 내 방으로 터벅터벅 걸어와 내 왼쪽 팔을 주물러줬다.

"엄마, 나 왜 팔이 안 움직일까? 병 걸린 걸까?"

"아냐. 그냥 근육이 놀라서 그래."

"엄마, 나 내일 병원 가서 엑스레이 찍을까?"

"그러든지. 한번 찍어봐."

부스스한 얼굴에 걱정이 묻어나면서도 대수롭지 않게 넘기는 엄마의 모습을 보고 잠이 들었다. 다음날 아침 세수만 하고 달려가 엑스레이를 찍었다. 내 어깨 사진을 보던 의사가 무슨 일을 하냐고 물었다. 예상하지 못한 질문에 잠시 버퍼링이 걸렸다. 전공은 미디어 쪽인데 아직 졸업도 안 했고, 식당을 운영하기는 하는데 이번 달에 끝나니, 도대체 무슨 일을 한다고 대답해야 하나 고민했다.

"…… 요리사요."

간단한 질문에 답하는 데 꽤나 시간이 걸렸다. 의사는 그래서 그렇군 하는 표정으로 한쪽 팔 근육을 너무 많이 써서 회전 근개에 염증이 생겼다고 대수롭지 않게 말했다. 최대한 팔을 쓰지 않는 게 좋지만 그럴 수 없으니 운동을 열심히 하면서 물리 치료를 받으라고 했다. 운동과 약이라는 뻔한 처방을 받고 병원을 나오면서 생각했다. '식당은 강한 사람만이 살아남을 수 있구나. 나는 졌구나.'

여기까지 읽은 사람들은 내가 크게 깨닫고 꾸준히 운동을 한 끝에 다른 사람에게도 운동을 권장하면서 끝나는 이야기를 예상할거다. 그 예상은 틀렸다. 나는 2년이 지난 지금까지 여전히 운동을 안 하며, 코로나를 핑계 삼아 헬스클럽 피티도 나가지 않는다. 주변인들한테는 이 몸을 20년 넘게 쓴 누가 이쯤해서 교체해주면 좋겠다는 헛소리를 진지하게 하고 있다. 이미 자취를 감춘 양심을 찾으려고 다이어리에 '새해 목표 ― 바른 자세와 꾸준히 운동하기'를 적었지만, 지금도 거북목 자세로 글을 쓰다가 '척추 수술 6천만 원'이라는 마법의 문장을 떠올리며 고쳐 앉는다. 이번 생의 운동 처방전은 50장쯤 더 남은 듯하다.

아쉽지만 이제는 끝내야 할 때

"정말 오늘이 마지막 날이야? 우리는 이제 해방이야!"

시원섭섭하기도 하지만 곧 찾아올 해방감에 모두 신이 났다. 중간고사하고 함께한 4월 팝업 식당은 휘몰아치듯 지나갔다. 퇴근한 뒤 밤새 공부해 시험을 치고, 다음날 다시 매장으로 출근해 덮밥을 팔았다. 놀랍게도 우리 다섯 모두 모든 학기를 통틀어 가장 좋은 성적을 거뒀다.

학교 커뮤니티에 팝업 식당이 4월에 끝난다는 소문이 퍼지면서 마지막 주에는 날마다 매출 신기록을 경신했다. 우리는 하나같이 입을 모아 말했다.

"마지막 날에는 전원 근무하기로 하자. 그리고 평소보다 채소 주문량을 두 배로 늘려야겠어."

마지막 전투를 앞둔 우리는 마음을 단단히 먹고 손님 맞을 준비를 했다. 드디어 팝업 식당 마지막 날이 됐다. 성주는 마지막 날 영업을 영상으로 기록하자며 타임랩스로 우리들을 담았다. 정말 쉴 틈 없이 일하는 모습은 지금 봐도 웃음이 난다. 예상한 대로 손님들은 끊임없이 밀려들었다. 하루 종일 화구 앞에서 웍질을 하다 보니 이러다가 채소가 아니라 내가 불에 타버릴 듯했다. 그 모습을 지켜보던 성주가 말했다.

"언니, 아직 쓰러지면 안 돼. 나랑 바꾸자."

'아직이라니 이놈이.' 가게 앞에는 손님들이 줄지어 늘어섰다.

"언제쯤 돌아오실 거예요?"

"정식으로 매장 차리실 거죠?"

손님들이 연달아 계속 물었다. '어, 아직은 잘 모르겠는데.' 이때만 해도 정식 매장을 열 생각이 전혀 없었다. 속으로 생각했다. '기다리지 마세요. 돌아오지 않을 거예요.'

재료가 다 떨어질 때까지 쉬지 않고 계속 팔았다. 주문 번호는 어느새 200번을 훌쩍 넘었다. 마지막 날이니까 모두 불태워버리자는 마음으로 채소를 많이 주문했다. 그런데 바보같이 채소 주문량에 맞게 덮밥 소스를 준비하지는 못했다. 하나를 알면 둘은 모르는 우리였다. 이미 된장소스와 고추장소스가 다 떨어져서 덮밥을 팔고 싶어도 팔 수 없었다. 아쉬워하는 손님들을 돌려보내야만 했고, 우리는 팔지 못한 양파, 애호박, 버섯을 한 바구니씩 가져갔다.

"많이 가져가. 자취할 때 된장국 해 먹어!"

자취를 하는 내게는 한 무더기씩을 더 얹어줬다. 가뜩이나 비좁은 자취방 냉장고는 채소로 가득찼고, 나는 베지베어가 끝이 난 뒤에도 한 달 내내 애호박과 버섯을 볶아야 했다.

기록적인 매출을 올린 마지막 날 영수증을 뽑아 신촌기차역 앞에서 인증 사진을 남겼다. 이 영수증을 하나씩 기념품으로 나눠 가졌는데, 집에 돌아가 일기장에 붙였다. 모든 일이 잘 끝났다고 생각했지만, 끝날 때까지 끝난 게 아니었다. 뒷정리라는 마지막 임무가 있었다. 다음에 들어올 팝업 팀을 위해 엉망진창이 된 주방을 새 것으로 돌려놔야 했다. 기름과 양념에 찌든 후드와 싱크대를 닦고, 닦고, 또 닦았다. 하루아침에 쌓인 흔적이 아니라서 여러 번 문질러도 깨끗해질 기미가 보이지 않았다. 후드 속으로 머리를 집어넣어 수세미로 열심히 닦았다. 청소하다가 죽을 수도 있지 않을까 하는 생각이 들 정도로 무시무시한 기억이었다.

학기 도중인데다가 시험이 남은 친구들이 있어서

뒤풀이도 못했다. 유종의 미를 거두려고 한 일은 고작 양파 한아름 안고 찍은 기념사진이 전부였다. 기름으로 뿌옇게 된 안경에 추레한 트레이닝복을 입고 찍은 사진이 부끄러워 차마 이 책에는 싣지 못했다.

우리는 베지베어가 없는 일상으로 다시 돌아갔고, 5월이 됐다. 하루에도 몇 번이나 들락날락하던 박스퀘어를 가지 않으니 기분이 이상했다.

"지금 덮밥 팔아야 할 기분인데?"

뭔가 아쉬웠다. 마침 5월은 학교 축제가 열리는 달이었다. 축제 때면 동아리나 과에서 크고 작은 부스를 열어 음식이나 굿즈를 판다. 몸이 근질거린 우리도 부스를 신청했다. 매장에서 팔던 밀크티와 직접 만든 스티커 굿즈를 선보였다. 학교 축제까지 참가하고 나니 더는 베지베어라는 이름으로 할 일이 없었다.

이제는 정말 정식 오픈을 할지 말지 선택해야 했다. 이미 하겠다는 결단을 내린 성주가 단톡방에 최후통첩을 날렸다.

"앞으로도 베지베어를 계속할 사람은 나한테 개인톡을 줘. 이번 주까지 고민해봐!"

시완이와 현민이는 하고 싶은 일들이 따로 있었고, 오랜 고민 끝에 이별을 고했다.

"아쉽지만 나는 여기까지 해야 할 것 같아."

나로 말하자면, 계속하고 싶은 마음이야 굴뚝같았다. 엄마와 아빠가 뻔하게 반대할 텐데 식당을 하겠다고 선언할 자신이 없었다. 나도 여기에서 멈추겠다고 답했다. 시완이는 대학원으로 떠나고, 현민이는 또 다른 창업의 길로 나섰다. 성주와 다현이, 둘만 베지베어에 남기로 했다.

그렇게 떠난 내가 어떻게 지금 베지베어를 하고 있느냐면, 정식 오픈하는 9월을 앞둔 어느 날 성주가 에스오에스를 쳤다.

"언니가 필요해!"

9월 정식 오픈을 하고 2주 정도면 자리를 잡겠지 싶어서 잠깐만 도와주고 나올 생각이었다. 그런데 일하면 일할수록 베지베어를 놓지 않고 싶은 마음이 커졌다. 어떤 확신도 없었지만 하고 싶었다. 아빠한테는 당분간 비밀로 하고 베지베어 막차를 탔다.

3

이제 진짜,
비건 식당

첫 단추 잘못 잠그기

민
성
주

4월 베지베어를 시작할 때는 한 달이라는 정해진 시간이 있었다. 처음 보는 사람들이 모여 '망하면 어때, 한 달만 미친 척해보자'는 마음으로 도전했다. 생각보다 많은 사람이 베지베어의 존재와 가치에 공감했고, 주변에 자리한 논비건 식당에도 비건 메뉴가 조금씩 생겼다. 한 달 동안 내 손으로 만들어내는 변화를 보고 베지베어를 통해 비건식을 처음 접하는 사람들을 만나면서 누군가는 이 일을 해야 한다고 느꼈다. 머지않아 사회로 나갈 대학생들이 아침저녁으로 오가는 거리에 비건 식당이 자리한다는 사실과 비건 식사의 수요를 늘릴 수 있다는 가능성만으로 의미가 크지 않을까. 한 달만 하기로 약속하고 시작한 일이지만 베지베어를 계속하고 싶다는 욕심이 생겼다. 가장 중요한 요인, 가게를 유지할 만한 정도의 수익도 나왔다. 우

리 셋은 진지하게 상의한 끝에 베지베어를 정식 오픈
하기로 결정했다.

가게를 내려면 가장 먼저 무엇을 해야 할까? 바로
사업자 등록이다. 한 집의 가장이 될 때처럼 정식 가
게의 주인이 되려고 하니 무거운 책임감이 느껴졌다.
세금 관련 책들을 뒤져 사업자 등록 절차를 알아보고
뭐가 더 유리한지 고민한 뒤, 다현이가 서류를 준비해
혼자 세무서에 가서 사업자등록증을 받아왔다. 따끈
따끈한 사업자등록증을 들고 사업주 통장을 개설하
려고 은행 앞에서 만났는데, 이게 무슨 일인가. 다현
이가 보여준 사업자등록증에 '일반과세자'라는 글자
가 적혀 있었다. 사업 등록을 잘못한 것이었다.

후다닥 세무서에 전화했다. 사업자등록증을 변경
할 수 있는지 문의하니 담당자가 자리를 비운 상태라
는 말이 돌아왔다. 변경이 안 되면 10퍼센트 부가세
를 내야 하는데, 작은 식당에는 큰 타격이다. 우리는
세무서로 달려갔다. 담당자는 이런 실수를 하는 사람
이 있냐는 듯 황당하게 쳐다보더니 울상을 짓고 서 있
는 우리에게 에이포 용지를 주며 사유서를 쓰라고 했
다. 햇병아리 사업주 세 명은 삐약거리며 백지에 이렇
게 썼다.

사유서

이름: 고다현, 민성주, 조은하

사유: 사업등록 신청자의 불찰로 일반과세자로 신청하여 간이과세자로 재발급을 요청합니다.

재발급받은 따끈따끈한 사업자등록증을 한 손에 쥐고 잔뜩 기죽은 발걸음으로 나온 햇병아리 셋은 말하지 않았지만 속으로 같은 생각을 하고 있었다.

'우리 이대로 괜찮은 걸까.'

피, 땀, 눈물

민
성
주

베지베어의 주방을 처음 마주하는 날이었다. 텅 빈 깨끗한 주방을 바란 우리는 전 주인이 놓고 간 싱크대에 고스란히 쌓인 기름때를 맞닥트려야 했다. 마커로 여러 번 덧칠한 커다란 그림은 화룡점정이었다. 다현이와 나는 서로 바라보며 같은 생각을 했다.

'도대체 우리한테 왜 그러세요.'

고작 2평짜리 공간이지만 어찌나 쓸고 닦을 곳이 많은지. 다이소에서 온갖 청소 도구를 쓸어 왔다. 선반, 천장, 배수구, 바닥, 문을 차례대로 닦아도 또 더러운 데가 보인다. 영원히 산 정상에 바위를 올려야 하는 시시포스가 이런 기분이었을까. 몇 년을 묵은 기름때는 마치 타르 같다. 기름때를 수세미로 닦고 있는지 수세미에 기름때를 버무리는지 모를 정도였다. 결국 인터넷으로 업소용 초강력 클리너를 사서 제초

제를 뿌릴 만한 통에 담아 펌프질을 하는 지경에 이르렀다. 제발 끝나라 염불을 외며 이틀 내내 닦았지만 아직 큰 장벽이 남아 있었다. 매장 한가운데 자리잡은 대문짝만 한 그림. 도대체 어떤 상상의 동물인지 알 수 없었다. 정체모를 새까만 그림 위에 페인트를 여러 번 덧칠해도 검정색이 비쳐 나와 울화통이 치밀었다. 페인트칠을 하느라 어깨에 감각이 없어질 무렵, 눈에 띄게 말이 없어진 다현이가 물었다.

"성주야, 멀리서 볼래? 티 안나?"

매장 밖에 나가 벽을 바라보는데 왠지 미묘하게 어두운 부분이 거슬렸다. 그렇지만 애써 모른 척 흐린 눈을 하고 외쳤다.

"음, 괜찮아."

거짓말이었다.

청소도 끝났고 하얗게 페인트칠도 했으니 이제 가구만 들여오면 됐다. 엘리베이터로 쉽게 옮길 수 있겠지 했지만, 냉장고부터 순탄치 않았다. 새 냉장고를 사지 않고 교수님 지인이 쓰던 중고 냉장고를 받았다. 초기 자본이 적은 우리에게 정말 큰 도움이 됐다. 우리는 냉장고가 왔다는 소식에 해맑게 1층으로 내려왔다. 트럭에 실린 냉장고 두 대를 샅샅이 훑으며 베지

작은 공간이었지만 텅빈 공간을 우리 손으로 채워나가는 건 참 어려웠다.

베어의 첫 냉장고를 감격스럽게 영접했다.

"에? 두 명이 다예요?"

"네."

"남자 둘이 옮기기도 힘든데 여자만 둘이네, 허참."

트럭에서 내린 냉장고를 가게로 옮기는 일은 우리 몫이었다. 나는 힘이 세지 않다. 남자는 힘이 세고 여자는 힘이 약하다는 말은 아니다. 내가 운동을 안 해서 약할 뿐이다. 비죽 튀어나오는 감정에 따라 딱 잘라 말했다.

"여기 두시면 저희가 알아서 옮길게요."

기사님을 도와 냉장고를 내리는데, 웬걸 두 명이 아니라 네 명은 와야 할 무게였다. 배달비를 더 주고 문 앞까지 같이 옮겨달라고 다시 부탁할까? 자존심이 있지 말을 바꿀 수는 없다. 냉장고 두 대를 다 내리고 트럭을 떠나보낸 뒤 다현이와 나는 서로 쳐다봤다. 길바닥에 덩그러니 놓인 냉장고 두 대가 할 줄 아는 것도 없으면서 자존심만 세다고 뭐라고 하는 듯했다.

작은 놈부터 옮기기로 했다. 작은 냉장고를 카트 위에 올려서 엘리베이터를 이용해 옮겼다. 원하는 대로 일이 쉽게 진행되자 신이 나 큰 놈을 카트에 올렸다. 냉장고가 더 커서 카트에 올라가지 않았다. 결국 냉장고 한쪽만 카트에 걸친 채 거의 들다시피 엘리베이터 앞까지 끌고 갔다. 너무 커서 엘리베이터에 안 들어갔다. 믿고 싶지 않지만 선택지는 하나였다. 계단으로 올려야 했다.

다현이와 내가 양쪽에서 잡고 계단으로 올리려 하는데 갑자기 근미래가 보였다. 위쪽을 잡은 사람이 냉장고를 놓쳐서 아래쪽 사람이 냉장고에 깔리는 장면 말이다. 결국 계단 앞에서 끙끙거리는 우리를 발견한 빌딩 매니저들까지 힘을 합쳐 겨우 들어 올렸다. 냉장고는 제자리를 찾아 들어갔다. 나는 분명 음식을 팔고 싶었는데, 하루는 청소부였다가, 하루는 페인트칠하는 인부였다가, 오늘은 배달부였다.

매장에는 합판들이 기다리고 있었다. 카운터를 직접 만들려고 주문한 재료였다. 쉬면 뭐하나 퇴근만 늦어질 뿐 합판에 열심히 사포질을 하고 그 위에 시트지를 붙이고 다시 드릴로 조립했다. 미친 듯 사포질을 하던 다현이와 나는 눈이 마주치기만 하면 빵 터졌다. 거의 우는 듯 웃던 나는 다현이에게 물었다.

"우리 지금 뭐하고 있는 거지?"

열심히 학교 다니고 수업 듣던 우리의 바뀐 모습을 보니 웃지 않을 수가 없었다.

"그래, 안 힘든 일이 어디 있어."

힘든 나를 위로하려고 진부한 말을 꺼내보지만 별 효과가 없었다. 그저 앞으로 덜 힘든 일만 남아 있기를 간절히 바랄 뿐이었다.

아빠, 나 사실 식당 해

민
성
주

딸각, 아빠가 먼저 저녁을 다 먹고 일어나 안방으로
들어갔다. 눈치를 보며 밥을 먹던 나는 엄마에게 속
삭였다. '지금? 지금?' 엄마도 괜히 눈을 흘깃대며 긍
정의 사인을 보낸다. 안방에서 혼자 텔레비전을 보는
아빠. 지금이 타이밍이다. 비장하게 문을 열고 들어가
등 뒤로 문을 닫으며 말했다.

"아빠, 나 할 말 있어."

보통 부모가 그렇듯 아빠도 우리가 열심히 공부해
서울에 있는 4년제 대학에 가 졸업한 뒤 번듯한 직장
갖고 안정적으로 살기를 바란다. 당신은 부모 지원을
많이 받지 못했어도 자식들이 더 잘되기를 바라는 마
음에 교육비를 아끼지 않았다.

마음에 드는 대학교에 들어간 막내딸이 기특한지
아빠는 엘리베이터에 같이 탄 이웃에게 아무렇지 않

은 척 우리 집 아이가 이대에 붙었다고 자랑했다. 첫 학기에 500만 원이 넘는 등록금을 낸 날, 술도 안 마신 아빠는 취한 사람처럼 말했다.

"평생 돈 쓰면서 이렇게 기분 좋기는 처음이야."

그 기특한 딸, 휴학 한 번 안 하고 4학년 1학기까지 다니던 딸이 갑자기 학교 앞에서 식당을 한다고 하면 아빠는 어떻게 반응할까.

4월 한 달 동안 팝업 식당을 할 때는 차마 말하지 못했다. 뭐라고 해야 할까? '엄마, 아빠. 나 이번 학기 다니면서 비건 식당 한 달만 하려고 해.' 황당해하는 부모님 표정이 절로 그려졌다. 팝업 식당 때는 한 달만 재미있게 하고 끝내면 된다고 생각했지만, 이제는 사업자등록증까지 내고 정식으로 오픈한 만큼 말해야 했다. 4년이라는 대학 생활에서 내가 한 일 중에 가장 뿌듯하고 자랑스러운 베지베어지만 막상 부모님께 말하려고 하니 한없이 작아 보였다.

입안으로 삼킨 말은 나올 기미가 안 보이고, 그렇게 식당을 운영한 지 석 달이 지났다. 더 미룰 수 없다고 생각하던 때에 '청년키움식당 우수사례 경진대회'에 나가 농림축산식품부 장관상을 받았다. 이 정도라면 부모님도 실망스러운 표정을 짓지는 않을 듯했다.

대상을 받은 그날, 떨리는 걸음으로 집에 돌아왔
다. 이제는 정말 말해야 한다. 엄마에게는 이미 말했
기 때문에 타이밍을 보다 아빠가 방에 혼자 있는 틈을
타 고백했다.

"아빠, 나 할 말 있어."

아빠는 울상을 지었다.

"뭔데? 무서워."

웃음이 빵 터졌다. 그때 깨달았다. 아빠는 딸이 인
생에서 탄탄대로를 걷기를 바라지만, 예기치 못한 딸
의 행동에 자주 긴장하고, 자기는 딸이 저지르는 짓을
막지 못한다는 걸 누구보다 잘 안다는 사실을. 긴장
이 확 풀린 나는 장난기 가득한 표정으로 말했다.

"아빠, 나 사실 식당 해."

초보라고 세상은 봐주지 않아

고
다
현

나는 창업은 절대 안 한다고 노래를 부르고 다니는 사람이었다. 성공할지 실패할지 모르는 불안정이 싫었고, 내가 모든 문제를 다 해결해야 해서 부담스러웠다. 매장에서 조리하는 일도 힘든데, 새 메뉴를 개발하고 비용도 생각해야 한다. 실수를 해도 온전히 내 책임으로 돌아온다. 그런 힘든 창업을 왜 할까?

그런데도 베지베어는 욕심이 났다. 내 입에 이렇게 맛있는데, 우리가 만든 음식을 좋아하는 손님도 여럿 있는데, 한 달만 하기는 너무 아쉬웠다. 게다가 내가 좋아하는 식품과 외식업 분야였다. 무엇보다 인생에서 이대 앞 맛집을 운영해볼 기회가 또 있을까? 이대로 취업 준비로 방향을 돌리기는 아쉬웠다. 베지베어의 가능성을 직접 눈으로 보고 나니, 내 손으로 그 가능성을 키워보고 싶었다. 나는 함정에 빠져버렸다. 졸

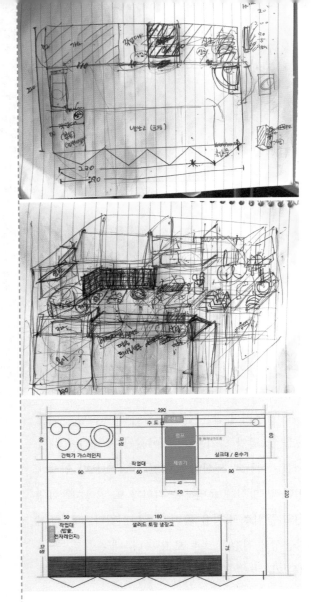

수십 번 고치고 다시 그리며 완성한 주방 도면. 여전히 초짜인 티가 난다.

업도 하기 전에 창업을 하다니, 참 인생이란 알 수 없다. 본래 계획을 꼼꼼하게 세우고 행동하는 성격이라 더욱 혼란스러웠다. 해야 할 공부가 잔뜩 늘어났다.

성주와 나는 어둑어둑한 합정역 메세나폴리스 스타벅스에 앉아 공책과 펜을 들었다. 아르바이트와 인턴 때 경험을 최대한 되살려서 필요한 설비와 기물을 적었다. 설비 배치도를 작성하면서 사야 할 설비의 크기나 종류를 정했다. 7.44제곱미터 공간을 효율적으로 활용하면서, 가스와 수도를 연결하고, 조리할 때 동선까지 고려해야 했다. 작은 공간이지만 아무것도 없는 상태에서 가게를 만드는 일은 참 어려웠다.

그렇게 작성한 설비 구매 목록을 들고 무작정 황학동으로 달려갔다. 지금 생각하면 참 웃기다. 주방 설비도 제대로 알지도 못하면서 중고 시장부터 달려간 우리가. 전날 무시당하거나 바가지를 쓸까 봐 조사도 하고, 입에 붙으라며 낯선 단어들을 중얼거렸다. 그렇지만 초짜 창업자인 나는 중고 주방 설비를 제대로 거래할 용기도, 지식도, 경험도 없었다.

8월의 더운 여름날, 한적한 시장 골목 가게 앞 의자에 앉아 부채질을 하고 있는 아저씨와 아주머니들이 너무 무서웠다. 어찌저찌 우리가 원하는 크기와 형태에 맞는 냉장고를 발견해 가게 주인에게 자세히 볼 수 있냐고 말을 걸었다.

"아, 나 따라와요. 창고 가면 더 있어."

아저씨를 따라 걸어갈수록 걱정이 차올랐다. 가게 뒷문으로 나가서 뒷골목을 이리저리 꺾어 시장 구석 컴컴한 건물 앞에 선 때는 도망갈까 하는 생각이 들었다. 창고 안에 겹겹이 쌓여 있는 냉장고에는 정해진 가격표도 없었다. 흥정으로 가격이 결정되는 이 세계는 스물넷 우리에게 너무 낯설었다. 내 얼굴에 '덤터기 잘 쓰는 사람'이라고 적혀 있는 듯했다. 고작 한 시간 돌아본 뒤 우리는 시장 앞 편의점 탁자에 뻗었다. 그냥 돈을 더 주고 새 제품을 사기로 결심했다.

학교라는 울타리 안에서 보호받으며 살던 내게 베지베어를 오픈하는 과정은 정말 힘들고 가혹했다. 학교에서 치르는 시험은 뭘 공부해야 할지 가르쳐주는 사람이라도 있었다. 창업이라는 시험은 내가 뭘 공부해야 하는지를 또 공부해야 했다. 도서관에 가서 창업, 브랜딩, 외식 경영에 관한 책을 쌓아놓고 계속 읽었다. 내가 지닌 경험과 지식을 총동원해서 구멍을 메꾸고 또 메꾸는 기분이었다.

여전히 베지베어는 너무 어렵다. 정말 좋아하고 잘

아는 외식업이지만 창업은 내 성격에 여전히 맞지 않다. 앞으로 해결해야 할 문제와 어쩔 수 없는 불안도 연속되리라. 그래도 몇 번이고 새롭게 도전하고 두려움을 이겨낸다면, 좀처럼 봐주지 않던 이 세상도 조금은 나를 기특하게 여겨주지 않을까.

은하가 처음 만든 새 메뉴

학교 앞 비건 식당 베지베어가 주목받으면서 관련 게시 글이 많이 올라왔다. 2019년 4월 팝업 식당을 성공적으로 마치고 나니 이렇게 묻는 손님이 여럿 있었다.

"정식 오픈은 언제 해요? 앞으로 계획이 궁금해요."

손님들 기대를 한 몸에 받으며 9월에 정식 오픈을 했다. 팝업 식당 때부터 많은 사랑을 받은 이불덮밥 시리즈는 여전히 인기가 많았다. 그렇지만 새 메뉴가 필요했다. 자신이 없었다. 조리 관련 학과를 전공하지도 않았고 직업 요리사도 아니다. 요리가 재미있고 좋았으며, 음식 대접이 취미일 뿐이었다. 베지베어 시그니처 메뉴가 된 이불덮밥은 전문가 컨설팅을 받고 만들었다. 두려움이 앞섰다. 이제는 다른 사람들 도움을 받지 않고 우리 힘으로 만들어내야 했으니까.

새 메뉴 때문에 고민을 많이 할 때 성주가 따뜻한

국물 요리가 먹고 싶다고 말했다.

"언니, 겨울인데 내 몸을 따뜻하게 채워줄 음식이 필요해. 보통 식당에서 파는 국물 요리는 육수를 우려내서 만든 거라 비건들이 먹을 수 없어."

국물이 있으면서 논비건들도 사 먹고 싶을 만한 흔치 않은 메뉴를 생각하다 스튜가 떠올랐다. 스튜를 해야겠다고 생각한 순간 스튜 레시피를 여기저기 찾아봤다. 그때부터 한동안 스튜 생각만 했다.

레시피를 구체화한 뒤, 처음에는 한정 수량으로 스튜를 팔았다. 스튜를 새 메뉴로 낼 때 부담감과 긴장감은 이루 말할 수 없었다. 내가 개발한 첫 메뉴였기 때문이다. 스튜를 처음 선보이던 날, 스튜를 먹는 손님의 표정을 계속 살폈다. '맛있을까?', '맛없으면 어떡하지?', '세상에 어떻게 이런 음식을 팔 수가 있죠? 실망입니다. 베지베어.' 정말 극적인 상상까지 할 정도로 덜덜 떨었다. 손님이 식기를 반납하기 전까지 긴장을 늦출 수가 없었다.

떨리는 마음으로 조심스레 물었다.

"스튜는…… 입에 맞으셨나요?"

잠깐 정적이 감돌았다.

"네. 너무 맛있었어요. 또 먹고 싶어요."

버섯, 당근, 토마토 등 야채를 뭉근하게 끓인 '토마토 스튜'. 달달한 마늘빵도 함께
나온다. 스튜 국물에 마늘빵을 적셔 먹어도 잘 어울린다.

아, 살았다.

스튜는 잘 팔렸다. 입소문이 나서 많은 손님들이 찬바람 맞으면서 박스퀘어로 와 따뜻한 스튜로 배를 채우고 달달한 마늘빵을 맛보고 갔다. 스튜는 가을, 겨울 시즌 메뉴로 팔고 잠시 쉬기로 했다.

스튜가 떠난 빈자리를 채울 다른 메뉴가 필요했다. 자꾸 새로운 메뉴를 찾아 나서는 나 때문에 다현이는 버거워했다. 작은 냉장고는 테트리스 게임처럼 빈틈 없이 빼곡했다.

"가능할까?"

다현이가 걱정스레 물어본다.

"가능하게 만들면 되지."

그러던 중에 채식 전문 어플 '채식한끼'에서 제안서를 보내왔다. 대체육 제품을 할인 가격으로 제공하는 조건으로 대체육을 이용한 새 메뉴를 개발하고 채식한끼 어플을 홍보하자는 내용이었다. 또 새 메뉴를 개발해야 했다. 대체육을 이용한 요리가 뭐가 있을까. 사실 하고 싶은 메뉴나 도전해보고 싶은 음식은 많았다. 그런데 2평 주방에서는 쉽지 않았다. 조리 시간, 서빙 시간, 화구 공간, 원가 계산 같은 조건들이 제약이 됐다.

수제 패티와 특제 토마토 소스가 올라간 부드러운 함박스테이크.

채식한끼와 채식 유튜버 '단지앙'이 방문해 새 메뉴를 촬영하기로 한 날짜가 다가오고 있는데, 정작 새 메뉴가 없었다. '아, 어쩌지?'

　우리가 받은 대체육 제품은 특유의 가공식품 냄새가 강하게 났다. 그냥 먹기에는 부담스러워서 맛있게 먹을 수 없을지 고민하다가, 해결책이 떠올랐다. 채소와 향신료를 추가하는 것이었다.

　일단 시작하자는 마음으로 도마와 칼을 들었다. 양파를 잘게 다지고 민스를 정성스럽게 반죽해 함박스테이크의 주인공인 패티를 완성해냈다. 시작하는 동시에 속도가 붙으니 패티에 곁들여 먹을 함박스테이크 소스도 재빨리 만들 수 있었다. 도전 정신이 투철한 편이라 한 번도 안 해본 음식인데도 거침없었다. '망하면 다시 만들지 뭐.' 뚝딱 만든 함박스테이크 소스는 토마토를 베이스로 해서 달달했다. 성주랑 다현이에게 먼저 맛을 보게 했다. 떨리는 마음으로 물었다.

　"어때?"

　성주와 다현이는 눈을 휘둥그레 떴다.

　"언니, 이거 맛있어. 대박이야."

　또 살아남았다.

　촬영도 잘 마쳤고, 이제 팔면 된다. 한정 개수로 판

함박스테이크는 스튜보다 반응이 더 폭발적이었다. 함박스테이크는 채식한끼 행사 기간 내내 하루도 빠짐없이 '솔드 아웃'을 해냈다. 오픈하기도 전에 매장으로 급하게 달려온 손님들은 물었다.

"아직 함박스테이크 남아 있죠?"

그정도로 함박스테이크는 인기가 많았다. 어제 함박을 주문한 손님이 다음날도 함박스테이크를 주문하면서 말했다.

"제발 정식 메뉴로 내주세요. 제발요."

출시부터 뜨거운 관심을 받았던 함박스테이크는 베지베어의 셋째 고정 메뉴로 자리를 잡았다. 코로나 때문에 매출이 엄청 줄었던 지난 겨울, 함박스테이크 덕분에 위기를 넘길 수 있었다. 처음 개발할 때만 해도 베지베어의 효녀 상품이 될 줄 몰랐다. 함박스테이크는 베지베어의 시그니처 메뉴로 자리 잡았다.

단짠단짠, 메뉴 개발의 꿈과 현실

고
다
현

새 메뉴를 낼 때마다 까마득한 산을 넘는 기분이다. 새 메뉴를 내달라는 말을 들으면 이런 생각부터 든다. 지금도 냉장고가 가득차는데 새로 들여올 재료는 어디에 보관하지? 새 메뉴가 나오면 가스레인지에서 한꺼번에 조리할 수 있을까? 원가는 어떻게 잡아야 할까? 이런 한계를 감당할 만큼 새 메뉴를 파는 이익이 클까? 갖가지 고민들이 매번 머릿속에 빙빙 돈다.

메뉴 개발 이야기를 해보려 한다. 관심없는 사람이라면 별로 알고 싶지 않은 복잡하고 현실적인 이야기다. 단맛이 나는 결과물 뒤에 감춰진 짠 눈물 맛이다. 얼핏 보면 나는 걱정이 많은 사람이다. 베지베어의 통장을 관리하는 사람이니 이 정도 신중함은 필요하다고 여겨주면 좋겠다.

토마토함박스테이크는 단순해 보여도 오랫동안

함께 고민해서 만든 메뉴다. 처음 유투버 단지앙과 채식한끼 담당자에게 대접한 함박스테이크 패티는 양념한 대체육이었다. 새 메뉴를 맛본 두 사람이 한 말이 아직도 기억난다.

"원래 이렇게 통조림 햄같이 뭉쳐진 맛이 나나요?"

급하게 잡힌 촬영 일정에 맞춰 후다닥 만든 메뉴라 대체육 제품이 원래 그렇다는 말밖에 할 수 없었다. 촬영이 끝나고 긴급회의를 열었다.

"대체육 제품 자체가 식감이 그렇게 나는데 어떡하지……."

"우리가 대체육을 만들 수 없는데……."

셋은 얼굴이 어두워졌다. 가뜩이나 원가가 높게 나와서 프로모션이 끝나면 접어야지 고민하던 중에 식감에도 문제가 생기다니. 우리를 믿고 찾아온 손님의 기대를 저버리는 메뉴가 될까 걱정이었다. 프로모션 기간에만 팔더라도 맛이 별로 안 좋으면 베지베어 이미지에 나쁜 영향이 갈 테고, 우리도 사기가 떨어질 수 있으니까 더 머리가 터질 듯했다.

며칠 동안 레시피만 죽어라 찾았다. 알고리즘이 내 노력을 알아줬는지 유튜브 연관 동영상으로 '부드러운 동그랑땡'이 떴다. 고기와 두부, 온갖 다진 채소를 넣어 반죽해서 기름에 지지는 동그랑땡이 우리 함박 패티하고 비슷했다.

"언니, 패티에 무슨 채소가 들어가더라? 동그랑땡처럼 채소 비율을 높이면 어때? 식감도 부드러워지고 원가도 낮아져. 헤헤."

"좋아. 양파는 넣을수록 맛이 더 좋아져. 대신 부서지지 않게 실험을 좀 해야겠다."

은하 언니의 마법이 일어났다. 단순한 해법처럼 보이지만 머리를 싸매던 문제를 단번에 해결했다. 여러 번 시도한 끝에 함박스테이크의 식감을 살리되 부서지지 않을 채소 비율이 탄생했다. 퍽퍽한 식감을 부드럽게 만들 수 있었고, 쓰던 재료인 만큼 추가 비용이나 재고 부담도 없었다. 게다가 비싼 대체육의 비율을 줄이는 게 더 맛있다니, 이렇게 완벽하게 맞아떨어지는 해결책은 있을 수 없었다. 기쁨을 넘어 희열을 느꼈다. 집에 가는 내내 웃음이 비죽비죽 삐져나왔다.

알맞은 원가, 낯설지 않으면서 차별화된 맛, 부담되지 않는 조리 수준까지 삼박자를 갖춘 덕에 고정 메뉴로 자리잡았다. 원가를 낮춰서 알맞은 가격을 매겼다. 맛있을 뿐만 아니라 다른 비건 메뉴보다 싸서 비건과 논비건에게 모두 다가갈 수 있었다. 패티만 준비돼 있으면 금방 조리할 수 있어서 일하는 사람도 부담이 덜했다. 아무리 생각해도 걸작이라고 할 수밖에 없다.

창업을 하면 원가, 재고 관리, 수익률 같은 내용이 가장 낯설다. 초보 사장들은 그런 걸 언제 다 고려하냐고, 맛있으면 다 아니냐고 생각할 수도 있다. 좋아서 하는 가게인데 메뉴도 내가 하고 싶을 때 뚝딱 내면 되지 않느냐고 할지도 모른다. 그러나 원가나 재료 손질 등 현실적인 문제를 생각하지 않으면 힘들게 개발한 메뉴를 놔줄 수밖에 없는 상황을 맞닥트릴 수도 있다.

효율을 생각하는 일은 단짠단짠 중에서 짠맛 같다. 효율이라는 가치를 지키려 하는 나도 구체적인 문제를 마주칠 때는 답답해서 눈물이 나려고 했다. 고민하고 고민해도 알아주지 않는 듯해서 울컥하기도 했다. 하지만 모두 알지 않나? 짠맛 뒤의 단맛은 더 달다는 것을. 실제로 과학적으로 밝혀진 사실이다. 이렇게 눈물의 짠맛을 겪고 난 뒤에 만나는 희열은 더 달게 느껴지지 않을까.

가끔 손님한테서 숨고 싶다

민
성
주

복작복작 젊은 사람으로 가득찬 대학교 앞도 한산할 때가 있다. 바로 대학생들의 파라다이스, 방학이다. 대학생들은 행복하다지만 학교 상권에 자리한 상점들은 힘들다. 학생 손님이 대부분인 베지베어도 방학을 피할 수 없었다. 매출이 줄어서 두 명씩 일하던 인력을 반으로 줄였다. 처음에는 잘 굴러가는 듯했다. 그러나 삐거덕대지 않으면 베지베어가 아니다. 10분 만에 열 명이 넘는 손님이 들이닥치는 대환장의 순간이 찾아오고야 만다.

베지베어를 정식 오픈하면서 키오스크를 설치했다. 우리는 주문을 직접 받지 않아도 되니 일이 수월해질 거라고 생각했다. 그렇지만 키오스크는 사람보다 일처리가 빠른 덕분에 주문을 쉬지 않고 받아댄다. 사과 껍질을 안 끊고 깎는 모습을 본 적 있다. 주문표가 끊기지 않고 주루룩 바닥에 닿을 듯 뿜어져 나오는 모습을 보면 그 사과 껍질이 생각난다. 한 줄로 늘어선 주문표를 바라보다가 목 뒤가 서늘해진다. 나뭐부터 해야 하지.

일단 야채를 볶고, 밥을 푼다. 음료만 시킨 손님이 음료 먼저 주면 안 되냐고 한다. '아! 네. 잠시만요.' 음료를 먼저 만든다. 음료를 드리고 나니, 내가 하던 일이 기억이 안 난다. 주문표를 다시 본다. 첫 손님이 주문한 지 이미 10분이 지났다. 식은땀이 흐르고, 프라이팬이든 뭐든 내팽개친 뒤 손님들이 못 보게 냉장고 뒤로 숨고 싶다. 주인이라면 사람이 많이 오니까 기뻐해야 맞지만, 주인인 동시에 노동자라서 예기치 못한 중노동은 피하고 싶기 마련이다.

몸과 마음이 따로 놀면서 아직 취사 중인 밥솥을 여닫고, 썰어둔 토마토는 하필 바쁠 때 떨어진다. 아까 분명 여기에다가 토마토를 뒀는데 하면서 이것저것 꺼내다 보면 2평짜리 주방은 난장판이 된다. 혼자 채소를 볶으며 밥을 푸다가 부족한 토마토를 썰고, 그사이에 다 먹은 손님의 트레이를 치우고, 키오스크가 익숙지 않은 손님을 도와 결제도 한다. 눈코 뜰 새 없이 일해도 음식이 너무 늦어 손님 얼굴을 보기도 죄

송스럽다. 겨우 주문을 다 처리하고 돌아서면 싱크대보다 설거짓거리가 높게 쌓여 있다. 맞다, 우리 다회용기 쓰지. 내 손목아 미안해. 채소를 볶느라 너덜너덜해진 손목을 달래며 설거지를 하다 보면 지구를 망치는 일회용품이 절로 그립다. 설거지를 마치고 핸드폰을 여니 아직도 퇴근 시간이 아니다. 아, 숨고 싶다.

숨지 마, 숨을 수도 없으니까

베지베어의 하루하루는 늘 예측 불허다. 성주가 근무한 날에 사람이 너무 없어서 다음날 근무자인 내가 마음을 비우고 출근하면 거짓말처럼 손님이 몰린다. 전날 주문량에 맞춰 준비해놓은 채소는 이미 다 떨어졌다. 누구보다 빠르게 양파와 버섯을 썰어야 한다. '멘붕'이 오지 않느냐고? 절대 있을 수 없다. 근무 날 벌어지는 일은 오로지 혼자 해결해야 하기 때문에 멘탈붕괴는 사치다. 정신이 나갔다고 징징대고 싶어도 받아줄 사람이 옆에 없다. 당장 밀려오는 주문을 두 눈 똑바로 뜨고 처리해야 한다. '정신 차려. 너, 진짜 정신 차려.' 새로운 주문을 담을 접시도 없고 모든 것이 소진된 매장을 보면서 발만 동동 구를 때도 있다. 물 마실 시간도, 화장실 갈 시간도 없는 하루는 고독한 싸움이 될 수밖에 없다.

막상 손님이 적어 할 일이 없을 때는 그렇게 괴로울 수가 없다. '오늘 인건비는 나올까? 오늘 한 가득 끓여둔 스튜는 내가 다 먹어야 할까?' 울상이 된 얼굴로 카톡을 보내 본다.

"우리 진짜 어떡해?"

바닥이 광날 때까지 걸레질만 열심히 해댄다. 학교가 정상적으로 개강했을 때와 확연히 다른 모습이다. 코로나 이전에는 오후 두 시가 안 된 때도 주문 번호 70~80번대를 자랑했다. 가게 앞은 손님들로 바글바글했고, 복도는 와자지껄한 소리로 가득했다. 점심 피크 타임 전쟁을 치르고 쌓인 접시들을 보며 성주에게 해맑게 말했다.

"우리가 이대생들을 먹여 살리는 거 같아. 그렇지 않아?"

성주는 어이가 없다는 듯 웃었다.

"언니, 무슨 소리야. 이대생들이 우리를 먹여 살리는 거지."

그렇다. 이 똑똑한 친구가 내 동업자다.

혼자 일하기와 둘이 일하기는 차원이 다른 영역이다. 몸도 마음도 하나보다 둘이 훨씬 낫다. 거짓말 보태서 한 500배 정도. 조리만 한다면 혼자서도 거뜬하지만 우리는 다회용기 사용을 고집하다 보니 조리 말고도 설거짓거리가 한 가득이다. 이미 수천 번의 웍질로 너덜너덜해진 손목은 파스로 도배했고, 집에 당장 가도 이상할 게 없는 어두운 얼굴은 웃음을 찾아볼 수 없다. 대체 인건비 아끼자며 하루에 한 명만 하루 종일 일하자고 제안한 놈 누구야? 그게 나다. 힘들지만 교통비라도 벌어야 하지 않을까.

사람이 또 웃긴 게 이 미친 템포에 적응을 한다. 인간은 적응의 동물일까? 절대 혼자 감당할 수 없던 주문도 이제는 아주 부드럽게 처리하게 됐다. 그런 모습을 보며 '나 좀 멋진 것 같아' 하고 말해본다. 단톡방에 자랑했다.

"지금 15분 만에 10만 원어치 팔았어."

"언니, 대단해. 사람이야? 사람이 할 수 있는 일이야?"

성주와 다현이는 귀엽게 대답한다. 모든 것이 완벽한 매장을 보며 승리한 기분을 맛본다. 신기하게도 이런 안일한 생각이 들자마자 또 미친 듯이 주문이 밀려온다. 사람은 끝까지 겸손해야 한다고 느끼면서 불쇼를 하고 채소를 볶는다.

물밀듯이 들어오는 주문, 식사를 끝낸 손님들이 반

납하는 식기, 활활 타는 불 위에서 굽는 채소, 또다시 띠리링 울리는 키오스크 주문. 이때 빠질세라 청량하게 울리는 매장 전화벨. 자, 당황하지 말고 밀려드는 주문을 알파고처럼 입력해. 아니야, 나도 숨고 싶어. 집에 가고 싶어!

성주가 냉장고 뒤에 숨고 싶다고 한 적도 있지만, 좁아터진 2평 매장은 숨을 데도 없다. 냉장고 뒤는 얇은 접이식 의자 두 개 정도가 들어갈 수 있는 공간이지 사람이 들어갈 수 있는 공간이 아니다.

성주야, 숨지 마. 어차피 우리는 거기 좁아서 숨을 수도 없으니까.

쓰레기 게임, 제로 웨이스트는 아니지만

민
성
주

팝업 식당을 할 때였다. 오후 여섯 시쯤 식당에 왔는데 에어컨이 아직도 켜져 있지 않은가. 욱한 마음에 말을 뱉었다.

"아니, 지금 날도 선선한데 왜 아직도 에어컨을 켜고 있어?"

"성주야, 오늘 사람이 너무 많아서 에어컨을 틀어도 더웠어. 이제야 조금 시원해진 거야."

하루 종일 덥게 일하느라 지친 친구의 얼굴이 그제야 눈에 들어왔다. 환경과 동물권을 생각해 시작한 비건 식당이니까 이 안에서 하는 모든 행동이 그런 가치를 엄격하게 지키면 좋겠다는 욕심이 있었다. 완벽하게 해낼 자신은 없었다. 이런 내가 하는 비건 식당은 진정성이 있을까.

2018년 친구랑 발리를 갔다. 2주가 넘는 여행이었

다. 숙소에 짐을 내려놓자마자 해변으로 뛰어나갔다. 초보 서퍼들의 파라다이스 꾸따 비치. 이국적 풍경이지만 듣던 만큼 투명하고 맑은 바다는 아니었다. 갓 버린 쓰레기와 썩어가는 쓰레기가 뒤섞여 둥둥 떠다니고 있었다. '기대가 너무 컸나, 유명 관광지가 그렇지 뭐.' 대수롭게 않게 넘기고는 썩 깨끗하지 않은 물에 몸을 담갔다.

한참을 놀다가 젖은 몸을 말리려고 해변을 따라 걸었다. 흥겹게 노래를 들으며 맨발로 부드러운 모래를 즐겼다. 저 앞에 그물을 걷는 어부가 보였다. 물고기 잡는구나 하면서 다가갔는데, 쓰레기 낚는 현지인이었다. 바다에서 밀려온 쓰레기를 치우고 있었다. 아름다운 풍광은 눈앞에서 사라지고 지저분한 해변과 그런 현실을 애써 외면하려 한 내 모습만 보였다.

일상에서 벗어난 모든 관광객들은 즐거움이 우선이다. 나도 물가 싼 발리에서 먹고 놀다 올 생각뿐이었다. 식당 주인은 관광객이 어마어마한 일회용품을 써서 감당할 수 없을 정도라며 걱정했다. 현지인들은 일회용품을 쓸 일이 적을 수밖에 없지만, 잠깐 와서 즐기고 떠나는 관광객은 자기가 얼마나 많은 쓰레기를 버리는지 모른 채 섬을 떠났다. 아니면 모르고 싶

꾸따 비치에서 쓰레기를 치우는 현지인과 캐리어의 반을 차지한 내가 만든 쓰레기.

을 수도 있겠다.

우리 둘은 발리에서 우리가 만드는 모든 쓰레기를 짊어지고 다니기로 결심했다. 쓰레기를 모으기 시작하면서 재미있는 변화가 일어났다. 소비하는 태도가 바뀌었다. 초콜릿 하나를 살 때도 포장지가 얇거나 적은 제품을 고르고, 생수도 병이 잘 구겨질 만한 것을 집었다. 점점 쓰레기 들고 다니기가 힘들어서 되도록 먹지 않고 사지 않게 됐다. 나중에는 환경을 생각하면 좀 무겁고 부피가 크더라도 재활용이 쉬운 소재가 좋은 듯해서 유리나 캔에 담긴 제품을 골랐다. 기대하던 휴가는 '쓰레기 게임'이 되고 말았지만, 짊어지고 다니지 않을 뿐 내가 살아가면서 만드는 쓰레기 문제를 다시 생각할 수 있었다. 쓰레기를 만드는 사람과 치우는 사람이 다르고, 쓰레기를 만들어 피해를 끼치는 사람과 쓰레기 때문에 피해를 입는 사람 또는 생명체가 다르다는 사실 말이다.

식당을 하게 되면서 나는 더 많은 쓰레기를 만들고 있다. 채소 포장재, 종이 상자, 아이스 팩, 비닐봉지, 코로나 때문에 많이 쓰게 된 비닐장갑까지 쓰레기가 넘쳐난다. 예전에는 깨끗한 손이면 됐지만, 이제 위생 장갑을 안 낀 손으로 식자재를 만지는 모습을 손님에게 보이기 어렵다.

일회용품을 줄이려 하지만 쉽지 않다. 주방이 작을 수록 더더욱 그렇다. 다회용기를 쓰려면 수납공간도 넓어야 하고 싱크대도 커야 한다. 비용도 더 많이 든다. 용기를 보관하고 세척하고 정리하는 시간이 늘어나고, 그만큼 인건비도 뛴다. 한꺼번에 많은 음식을 할 수도 없다. 다회용기에 보관하면 아무래도 비닐보다는 완벽하게 밀폐하기 어렵기 때문이다. 얼마나 다를까 싶지만, 놀랍게도 차이가 많이 난다.

감자샐러드를 사례로 들 수 있다. 보통 식당은 값싸고 편리한 벌크 제품을 쓴다. 방부 처리가 된 감자샐러드는 유통 기한도 길다. 베지베어는 감자 껍질을 벗기고, 삶고, 으깬 뒤 비건 마요네즈와 향신료를 버무려 수제 감자샐러드를 만든다. 베지베어 감자샐러드는 조금만 시간이 지나도 금세 상하고 만다. 공기가 통해서 그런가 싶어 감자샐러드를 큰 통에서 작은 통으로 나눠 보관했다. 조금 나아지기는 해도 상해서 버리는 시간을 조금 늦출 뿐이었다.

상한 음식이 손님한테 나가는 상상만 해도 아찔해졌다. 매일 아침 모든 재료를 먹어보고 상태를 점검하지만, 음식은 눈 깜짝할 사이에 맛이 갈 때가 있으

니 걱정이었다. 결국 비닐봉지에 담아봤다. 내심 비닐
봉지로 문제가 해결되지 않기를 바랐지만, 걱정거리
가 해결되고 말았다. 감자샐러드를 조금씩 자주 만들
수도 있지만, 소스부터 패티까지 거의 모두 수제로 만
드는 베지베어에서는 쉬운 일이 아니다. 방법은 있다.
원가에 맞춰 가격을 올리면 된다. 그렇지만 베지베어
는 가격을 되도록 낮추려 애쓴다. 대학가에 자리한 만
큼 비건이건 논비건이건 학생들이 자주 먹을 수 있게
하고 싶기 때문이다.

발리에서 쓰레기 모으던 사람이 일회용품에 순응해
버린 결말은 바람직하지 않다는 사실을 안다. 베지베
어가 제로 웨이스트 식당이라면 얼마나 아름다운 이
야기일까. 베지베어의 지금이 최선은 아니다. 그렇지
만 계속 한 방향으로 나아가고 있다는 게 중요하다.

비건이 아니면서도 시리얼을 두유에 타먹는 내 룸
메이트나 헌옷만 사는 친구처럼 다양한 방법으로 비
거니즘을 실천하는 사람들이 있다. 다회용기를 안 가
져오면 포장을 할 수 없는 제로 웨이스트 카페와 식
당도 여럿 보인다. 베지베어도 식당에서 쓴 비닐을 집
에 가져가 깨끗이 씻어 재활용하고 아이스 팩은 주민
센터에서 쓰레기봉투로 바꾼다. 개인 용기와 텀블러

를 가져오는 손님은 팝업 메뉴를 포장하거나 상시 판매 메뉴를 할인받을 수 있다. 음식물을 오래 보관할 수 있는 특수 용기를 쓰면서 비닐도 적게 쓴다. 식자재 전문점도 포장하지 않은 채소를 선택할 수 있으면 좋겠다. 포장 안 한 채소가 기본이 되면 더 좋겠다. 음식을 주문할 때 일회용 수저를 빼려면 한 번 더 선택을 해야 하다가 이제는 일회용 수저 미포함을 기본으로 바꾼 배달 앱처럼 말이다.

좌는 왼쪽, 우는 오른쪽

민
성
주

새로운 세계로 들어가는 문외한에게 한마디할 수 있다면 무슨 말을 해야 할까? 시간이 지나도 변하지 않는, 아주 기초적이면서도 중요한 말을 해야 한다. 딱 알맞은 사례가 있다. 평생 외국에 살다가 한국 대학교에 들어온 재외 국민 친구 포포가 있다. 포포는 한국말이 아주 서투르고 한국 문화에 적응하지 못했는데, 시간이 흘러 군대에 가게 됐다. 한국말이 모국어인 사람도 힘든 군대인데 음식 주문도 혼자 못하는 친구가 보낼 군대 생활이 눈앞에 그려져서 가족들은 걱정이 이만저만이 아니었다. 입대하는 날 포포는 말귀도 못 알아듣다고 구박받는 자기 미래도 모른 채 훈련소로 떠나는데, 그 뒷모습을 보며 포포의 어머니는 다급하게 외쳤다.

"포포야, 좌는 왼쪽이고 우는 오른쪽이야."

좌우도 모르고 군대를 들어갈 뻔한 친구 얘기가 너무 웃기면서도 아찔했다. 그런데 내가 누군가를 걱정할 처지가 아니었다. 원가율, 식자재 관리, 세금 등 아무것도 모른 채 식당이라는 세계로 들어가는 내 뒷모습을 보며 다현이가 포포 엄마처럼 소리쳤다.

"성주야, 우리 봉사하는 거 아니야."

음식하고 무관한 미디어를 전공하고 본래 식탐이 없는 나는 어릴 때 한입이라도 덜 먹으려 애썼다. 당연히 요식업에는 관심이 없었다. 할 수 있는 영역이라고 생각하지 않았고, 해야 할 이유도 없었다. 그런데 비건 지향을 결심하고 나서는 얘기가 달라졌다.

여느 날처럼 학교를 가고 있었다. 삼겹살, 곱창, 닭볶음탕 가게로 가득찬 대학가가 눈에 들어왔다. 저렇게 쉴 새 없이 먹어 치우려면 소, 돼지, 닭을 도대체 얼마나 많이 키워야 할까. 그 많은 동물들을 일상에서 단 한 마리도 볼 수 없다는 사실도 섬뜩했다.

뜬금없지만 수업에서 들은 말이 생각났다. 한 가지 이론을 배우면 다른 색 안경을 끼고 세상을 바라보게 된다고. 그 말이 맞았다. 늘 끼던 안경에 빨간색 셀로판지를 덧댄 듯 세상이 잔인해 보였다. 다른 사람에게도 이 빨간 세상을 보여주자는 사명감에 비건 식당을 만들겠다고 다짐했다. 거기까지는 좋았는데, 불행하게도 나는 식당을 비건 캠페인쯤으로 생각했다.

한국에서 외식업의 5년 내 폐업률은 약 80퍼센트다. 우리가 거리를 지나가면서 보는 식당의 열 개 중 여덟 개는 5년 안에 사라진다. 진입 장벽이 높지 않은 탓도 크다. 요즘은 유튜브에 자영업자 브이로그나 식당 운영하는 법 등 동영상도 흔하고 〈백종원의 골목식당〉 같은 방송 프로그램도 생기면서 많은 사람이 식당을 운영하는 데 필요한 자세와 정보를 손쉽게 알 수 있다.

아무리 꼼꼼히 손익을 계산해서 시작해도 예기치 않은 손실은 늘 생기기 마련이다. 이를테면 무게를 재서 메뉴 가격을 정해도 채소마다 버리는 껍질이나 뿌리가 있기 때문에 실제 원가하고 차이가 난다. 계절에 따라 채솟값은 어찌나 천차만별인지 금가지에 금애호박이 된다. 여기서 끝이 아니다. 냉장고 같은 기계가 고장나면 수리 기사 출장비가 기본 10만 원이다. 예기치 못한 지출이 줄줄 샌다. 수저와 접시는 자주 깨지고 없어져 이제는 소모품으로 생각하는 지경이다.

실수도 많이 하고 시행착오도 겪었지만, 처음부터 미리 공부하고 들어가야 한다는 생각은 아직도 하지 않는다. 식당 창업을 비건 캠페인쯤으로 여긴 선택에 불행이라는 말을 떠올리지만, 애초에 진지한 창업이라면 시작하지 않을 테니까 마냥 불행이라고 볼 수는 없다. 지금만큼 지식이 있으면 주저하다가 식당을 열려는 시도조차 못할 듯하다.

사람들은 선택을 하기 전에 미리 이것저것 조사를 한다. 그러다가 알면 알수록 시작하기 힘든 순간을 마주한다. 이럴때 무식하면 용감하다는 말이 생각난다. 이 말을 뒤집으면 뭘 좀 몰라야 도전할 수 있다는 것이다.

내 별명은 '무식한 용자'다. 과장을 보태면 무지가 지금 서 있는 자리로 나를 이끈 셈이다. 그렇다고 아무것도 모르는 분야에 열정만 안고 뛰어들라고 부추길 생각은 없다. 다만 뭔가를 도전하려면 약간의 지식이 필요한 만큼 약간의 무지도 필요하다는 말이다. 그런데도 식당을 차리겠다며 떠나는 친구의 뒷모습을 본다면 다급하게 한마디할 듯하다.

"친구야, 봉사가 아니라 장사를 해야 해!"

다현이에게 다급한 전화가 왔다.

"언니, 어디야?"

전화를 받자마자 수화기 너머로 한껏 풀이 죽은 목소리가 들렸다. 이 날은 동대문디자인플라자DDP에서 '제1회 대한민국 정부혁신박람회'가 열리는 날이었다. 베지베어는 농림식품부 청년키움식당 사례로 참가 자격을 얻었고, 새 메뉴인 토마토스튜를 선보이기로 돼 있었다. 박람회 담당자하고 연락한 다현이는 5인분만 준비하면 된다고 했다. 시식용으로 나가니까 5인분이면 충분하다고 했다. '디디피 정도 규모에서 열리는 박람회인데 5인분이면 된다고?' 살짝 의아했지만 평소에 다현이 말이라면 의심 없이 믿은 나는 별 생각 없이 넘겼다.

박람회는 토요일이었고, 베지베어에 토요일이란

단 하루의 휴무일이었다. 행사는 다현이와 베지베어 인턴 둘이 가기로 하고 나와 성주는 모처럼 쉬기로 했다. 아무래도 불안한 마음에 박람회에 따라가겠다고 두 번이나 먼저 얘기를 꺼냈다. 다현이는 너무나 상큼하게 대답했다.

"괜찮아, 언니, 쉬어요."

북한산 등산이나 가야겠다고 생각했다.

박람회 날 아침을 먹고 자취방을 청소했다. 아침 일찍 등산을 가려다가 왠지 꾸물거리고 있었다. 무거운 엉덩이를 겨우 일으키고 등산화 끈을 묶는데 다현이가 전화를 했다. 앞뒤 사정을 들어보니 오해가 있었다고 한다. 필요한 양은 300인분. 다현이는 울먹거리는 목소리로 스튜를 끓여서 당장 올 수 있냐고 물었다. 오케이, 접수 완료.

등산화를 내팽개친 나는 운동화를 꺾어 신고 매장으로 달려갔다. 다행스럽게도 봉원사 쪽에서 자취를 하고 있었다. 걸어서 15분 거리를 전속력으로 뛰어서 5분 만에 도착했다. 내게 주어진 시간은 20분. 20분만에 시식용 스튜 300인분을 준비하는 미션이 주어졌다. 다행히 매장에는 스튜 재료가 있었다. 미친 듯이 당근, 감자, 양파를 썰어댔다. 어떻게 스튜를 끓였는지 기억도 잘 나지 않는다.

매장에서 스튜를 끓일 때는 레시피에 맞춰 재료를 계량한다. 이날은 채소를 계량할 정신도 없었고, 무엇보다 시간이 급했다. 묘기하듯 냄비 속으로 당근과 브로콜리를 던져 넣었다. 펄펄 끓는 스튜를 보면서 주문을 걸었다. '맛있어져라, 맛있어져라, 제발.' 매장은 타바타 운동이라도 한 뒤처럼 뛰는 내 심장 박동과 보글보글 스튜 끓는 소리로 채워졌다. 기다리는 순간이 그렇게 길게 느껴질 수가 없었다. 젓가락으로 감자를 찌르니 푹 들어갔다. 가장 큰 통에 스튜를 가득 담아 택시를 타고 디디피로 향했다.

모두 알다시피 서울의 토요일은 시위로 바쁘다. 어김없이 이날도 서울역과 종로 거리는 시위하는 사람들로 가득찼다. 도로를 통제하는 경찰들과 여기저기 빵빵대는 자동차 소리. 택시 안에서 애가 타 죽는 줄 알았다. 머릿속으로는 스튜를 들고 디디피로 뛰어가는 상상을 열 번도 넘게 했다. 그때 다급하게 울리는 세 번째 전화.

"언니…… 오고 있지?"

다현이는 울기 직전이었다. 행사 담당자가 단단히 화난 눈치였다. 내 인생의 가장 살벌한 토요일이었다.

" 외식창업을 하면 어떤 것들을 고민하고
공부해야할 지 배울 수 있는 곳이
청년키움식당'이라고 생각합니다. "

_베지베어 (민성주, 조은하, 고다현)

제1회 대한민국 정부혁신박람회에서 토마토스튜를 선보였다.

점점 조여 오는 심장을 붙잡고 운전대만 바라보고 있는데 성주가 전화를 했다.

"언니야, 어디야? 나 언니네 집 지나고 있어."

이렇게 밝은 목소리라니, 아직 다현이 소식을 못 들었나 보다.

"성주야, 나 디디피 가고 있어."

"언니가 거기를 왜 가?"

"자세한 건 나중에 설명할게. 끊어."

마중 나온 다현이의 오른쪽 눈은 눈물 한 방울로 빛나고 있었다. 내게 다현이는 자신감 넘치고 빈틈없는 사람이었다. 그런 다현이가 눈물이라니. 위로할 틈도 없이 따끈따끈한 스튜를 냄비에 옮겼다. 모든 준비를 마치고 나서야 다현이가 보였다. 안도의 한숨을 내쉬며 괜찮다고 말했다. 다현이가 건 전화를 자취방 현관문 앞이 아니라 공기 좋은 북한산 정상에서 받았으면, 우리는 어떻게 됐을까? 끔찍한 상상이다.

급하게 끓인 스튜는 다행히 성공적이었다. 아이들부터 어르신들까지 모두 맛있다고 했다. 인자해 보이는 중년 남성이 말을 걸었다.

"직접 만든 스튜인가요?"

무슨 일일까 떨리는 마음으로 대답했다.

"네, 맞아요."

중년 남성은 갑자기 눈을 지그시 감았다.

"독일에서 지낼 때 자주 가던 식당에서 먹은 토마토스튜 맛이 나네요. 어쩌면 이렇게 진하고 깊은 맛이 날 수 있죠?"

매장에서 번갯불에 콩 볶듯 스튜를 만드는 한 시간 전 내 모습이 생각나 웃음이 터질 뻔했다. 그분이 독일에서 먹던 스튜의 사정을 알 길이 없었지만, 큰 칭찬으로 들려 행복했다.

바쁘게 움직이는 아침을 유난히 좋아한다. 주말에도 늦잠을 모르고, 일이 있든 없든 아침 일곱 시에 규칙적으로 일어난다. 그런 내가 그날은 평소보다 몸을 느리게 움직였고, 덕분에 위기에 빠진 다현이와 베지베어를 구출할 수 있었다. 목표로 세워둔 북한산 등정이라는 꿈을 이루지 못했지만, 모든 일이 계획대로 되지는 않는다. 때로는 가려는 목적지에 도달하지 못할 수도 있고, 전혀 예상하지 못한 길 끝에 더 재미난 일이 기다릴지도 모른다. 앞으로 또 어떤 놀라운 일이 기다리고 있을까? 궁금해서 미치겠다.

나, 오늘 출근 안 해

조
은
하

베지베어를 운영하기 전까지는 식당 일을 진지하게 생각한 적이 없었다. 한 분야에서 사장이 된다는 건 멋진 일이라는 생각은 했다. 폼나는 비즈니스로 여기던 식당은 막상 운영해보니 보통 일이 아니다. 매일매일 가게를 여는 일은 어길 수 없는 약속이기 때문이다. 내가 사장이면 '오늘 좀 힘드네. 하루 제쳐야겠군. 나 오늘 출근 안 해' 할 수 있을 줄 알았다. 그렇게 하기가 쉽지 않았다. 내가 가게 주인이자 사장이지만, 가게는 나만의 가게가 아니기 때문이다.

매장 운영도 간단하지 않다. 하나부터 열까지 손이 안 가는 일이 없고, 퇴근을 한 뒤에도 머릿속에서 생각이 퇴근을 못 한다. '오늘 채소 주문은 뭘 넣어야 하지?', '내일 아침에 출근하면서 시금치 두 단, 애호박 한 개 사 가야지', '내일은 함박스테이크 소스를 끓

출근 안 한다던 사람치고는 열심히 페인트칠을 하는 은하.

여야겠네. 아침에 가자마자 양파를 까야겠어.' 집으
로 가는 지하철에서도, 잠옷까지 갈아입고 누운 따뜻
한 침대에서도 생각은 끊임없이 사라지지 않는다. 심
지어 꿈에서도 베지베어가 나온다. 시험 간식을 준비
하는 꿈이었는데, 이불덮밥 200개를 주문받아 한 개
도 납품하지 못한 끔찍한 내용이었다. 다현이도 자다
가 시금치 주문을 안 한 줄 알고 새벽에 깨서 핸드폰
을 확인한 적이 있다고 했다.

셋 중에 가장 튼튼하다고 자부하는 나도 어느새 비
실이가 됐다. 중학교 때부터 취미삼아 팔씨름을 하고
다녔다. 같은 반 남자애들을 이기는 재미로 이 악물고
했다. 팔씨름을 꽤나 한다는 친구들을 굳이 찾아가서
도전장을 내밀기도 했다. 지금은 안 한다. 나의 소중
한 손목은 베지베어를 위해 아껴둬야 하기 때문이다.
무거운 웍을 날마다 수천 번 흔들어대는데 어떤 손목
이 남아날 수 있을까.

'아프니까 청춘이다'고 하는데, 아프면 빨리 병원에
가야 한다. 한번은 오른손이 욱신욱신 아픈데도 한
달 동안 내버려두다가 정형외과를 갔다. 손목에 염증
이 생겼다.

"왜 이제 오셨어요."

"하하, 그러게요."

"무슨 일 하세요?"

"저, 그냥 식당에서 알바해요."

이유는 모르겠지만 자꾸 알바생인 척하게 된다.

일요일에 신촌 세브란스병원 응급실 문을 두드린 적이 있다. 정식으로 오픈한 지 일주일도 채 안 된 때, 성주랑 룰루랄라 하면서 양파를 썰고 있었다. 그런데 껍질 벗긴 양파가 미끄러워 칼에 손을 베이고 말았다. 이때도 대수롭지 않게 생각하고 대충 약이나 바르려고 하는데 생각보다 피가 많이 났다. 갑자기 눈앞이 깜깜해지면서 시야가 흐려지고 귀도 잘 들리지 않았다. 드라마에나 나오는 줄 알던 장면을 내가 경험하다니. 몰랐던 사실인데 피를 많이 흘리면 저혈압 쇼크가 올 수 있다고 한다. 휘청거리는 몸을 느끼면서 가까스로 말했다.

"성주야, 나 병원 좀."

안 그래도 하얀 성주 얼굴이 더 하얘졌고, 잠깐 정신이 돌아온 나는 택시를 타고 응급실을 갔다.

접수를 하고 대기석에 앉아 있는데, 나보다 훨씬 많이 다친 사람들이 왔다갔다했다. 내 손가락은 아무것도 아니었다. 생각보다 상처가 깊어 꿰매야 한다고 해서 마취를 했다.

진료비를 계산할 때 접수대에서 물었다.

"혹시 제가 다친 걸 부모님이 알 수 있나요?"

아픈 몸보다도 엄마랑 아빠한테 욕먹을까 두려웠다. 아빠는 보나마나 당장 때려치우라고 할 게 뻔했다. 아직까지 부모님에게는 비밀이었다.

이제는 다치는 횟수가 많이 줄었다. 초반에는 일주일에 한 번씩 칼에 베이고 기름에 데기 일쑤였다. 피가 나도 그냥 선반에서 조용히 약을 꺼내 바르고 밴드를 붙인 뒤 다시 일을 했다. 1년 동안 몸으로 부딪혀 얻은 경험으로 칼질하는 요령도 생겼다. 젊을 때는 건강한 몸을 막 굴려 써도 된다는 바보 같은 생각이 바뀌었다. 아무리 튼튼한 몸도 자꾸 상하게 내버려두면 자기도 모르는 새 조금씩 약해진다. 그러니 눈을 크게 뜨고 조금이라도 아픈 구석을 찾으면 병원으로 달려가시길.

코로나를 만나다

민
성
주

"이대에 민주네분식이라고 있었는데, 아직 하나요?"

출판 계약서를 쓰는 날, 종이에 박혀 지워지지 않는 계약 조항보다 이 말이 더 잊히지 않는다.

계약을 앞두고 일주일 동안 계약서에 어떤 조항을 추가할지, 주의해야 할 사항은 뭔지, 준비물 등등 유튜브와 인터넷을 뒤지며 인생에서 가장 큰 계약이라면서 호들갑을 떨어댔다. 출판사에서 가져온 계약서를 꼼꼼히 검토하면서 지금까지 쓴 글은 어떤지, 앞으로 어떤 방향으로 쓰면 좋을지 얘기하는 중이었다.

그때 출판사 대표가 조금 뜬금없는 말이라고 하면서 운을 떼었다. 예전에 이대 앞에 오면 가던 분식집이 아직도 있냐고 물어봤다. '예전'이라면 언제를 말하는 걸까. 15, 16학번인 우리들은 아는 사람 있냐는 듯 서로 얼굴을 바라봤다. 아무도 모르는 분위기에 식당

위치를 물었지만 여전히 존재를 알 수 없는 식당이었다. 대표는 멋쩍게 웃으며 20세기에 가던 곳인데 그냥 생각나서 물어봤다고 했다. 특별한 추억이 있는 걸까. 물어본 건 대표인데 이제는 왜 내가 더 궁금하지. 아마 내가 아는 가장 고학번 선배에게 물어봐도 알 수 없는 식당일 듯하다.

몇 십 년이 지나도 그 자리에 여전히 있는지 궁금해지는 식당은 어떤 식당일까. 주인하고 친해서? 음식이 유별나게 맛있어서? 친한 친구들이랑 자주 가서? 나도 고등학교를 졸업한 뒤 학교 앞 주먹밥집이 아직 장사를 하는지 확인한 적이 있었다. 친구들이랑 가면 꼭 앉던 자리가 보였다. 음식 맛은 잘 기억나지 않는다. 다만 친구들이랑 하교하면서 지갑에 있는 동전을 모아 뭘 먹을까 고민하던 모습은 떠오른다. 쉬는 시간에 몰래 나가서 주먹밥을 사 오는 학생들이 아직도 있으려나. 그렇게 소중하게 생각하지 않던 가게가 그 자리를 지키고 있는 모습을 보니 이상한 안도감이 들었다.

대학교를 들어오고 나서는 모든 게 빠르게 변했고, 변해야만 했다. 빠른 시간 속에서도 그 자리에 그대로 있는 식당은 한 치 앞만 내다보고 한 발짝 앞서려고 아등바등하던 나를 잠시 멈춰 서게 했다.

베지베어의 간판. 아침마다 환하게 켜지며 베지베어의 시작을 알린다.

코로나 때문에 많은 식당이 문을 닫았다. 학교 앞 식당도 마찬가지다. 강의가 비대면으로 바뀌면서 학생들 발걸음이 뚝 끊겼다. 식당들은 이번 한 달만 비대면이니까 그때까지 견뎌야지 하며 매일 적자를 봤다. 코로나가 확산해 비대면 수업이 연장된 줄도 모른 채 왜 학생들이 아직도 안 오는지 궁금해 하기도 했다. 이번 한 달만 참으면, 이번 학기만 견디면, 이번 방학만 버티면 하던 식당들은 계속되는 비대면 수업에 맥을 못 추고 속속 문을 닫았다.

학교를 4년 다니면서 많은 가게들이 간판을 바꿨지만, 베지베어에 일찍 출근하면서 다른 식당들도 오픈 준비에 한창인 모습을 바라보며 동질감을 느낀 적도 많았다. 조금씩 보이던 하얀 '임대 문의' 종이는 전염되듯 골목골목 퍼져갔다. 오랫동안 불이 켜지지 않는 식당들에는 한 톨의 온기가 없었다. 초연한 모습으로 매일같이 가게 문을 열지만 손님이 확연히 줄어든 식당까지, 기억 속 풍경하고 다르게 이대 앞은 적막하고 어두운 골목이 돼 갔다.

점점 생기를 잃어가는 골목을 보면서 나만 조마조마한 건 아니었다. 오랜만에 등교하니 최애 식당이 사라져 속상해하거나, 학교에서 멀리 살아 소셜 미디어에 올라오는 폐점 소식에 발을 동동 구르며 거기마저 사라지면 어떡하냐고 울상인 학생들도 많았다. 1997년부터 운영한 분식집 사장님이 손님이 없어 가게를 접을까 고민한다는 소식이 커뮤니티로 전해지자 학생들은 한마음으로 이곳만은 사수하자는 마음으로 발길을 옮기기도 했다.

식당은 어디에나 있지만 유일무이한 공간이라는 생각이 들었다. 베지베어를 붙잡는 손에 더 꽉 힘을 줘본다. 시간이 흐르면 베지베어도 사라지겠지. 많은 손님들이 아쉬워할까. 밀려드는 주문을 처리하느라 한 끼도 못 먹고 지쳐 앉아 있을 때 작은 과일을 주고 간 그 손님을 다시 볼 수 있을까. 누가 우리 가게를 오랫동안 기억해줄까. 베지베어를 아는 손님이 까마득한 후배에게 이렇게 물어보는 상상을 괜히 해본다.

"너 혹시 베지베어라고 알아?"

우리는 달라도 너무 달라

조
은
하

하나부터 열까지 나랑 다른 사람이 이 세상에 있을까? 바로 다현이다. 세상에는 여러 사람이 있다지만 다현이는 내가 여태 한 번도 겪어보지 못한 유형이다. 다현이랑 지내면서 깨닫는다. 우리는 달라도 너무 다르다는 사실을.

외출할 때 긴 치마와 귀여운 로퍼 구두를 빼놓지 않고 다니는 사람이 있고, 통 큰 청바지에 넘어질 때까지 끈 풀린 운동화를 묶지 않고 다니는 사람이 있다. 핑크 카드 지갑부터 핑크 아이패드 케이스까지 온통 핑크로 가득한 아이템을 백팩 안에 도라에몽처럼 들고 다니는 사람이 있다면, 달랑 블랙 케이스 핸드폰과 교통카드 겸용 체크카드 한 장만 넣고 다니는 사람이 있다. 한 층을 올라가더라도 엘리베이터를 포기할 수 없는 사람이 있다면, 산꼭대기에 자리한 기숙사에 살아도 그 흔한 셔틀버스 한 번 타본 적 없는 사람이 있다.

전자는 다현이, 후자는 나다. 다현이에게 삶의 즐거움 중 하나는 맛있는 음식을 먹는 일이고, 나에게 즐거움은 사람들에게 맛있는 음식을 먹이는 일이다. 다현이는 최신 유행하는 여자 아이돌의 노래와 춤을 빠삭하게 파악하고 있지만, 나는 블랙핑크가 마지막신인 아이돌이다.

다른 점을 꼽자면 백 가지도 넘어서 일일이 말할수가 없을 정도다. 일이 아니면 다현이를 만날 수 있었을까? 장담하건대 서로 이해할 수 없는 모습들을보면서 저렇게 이상한 사람이 다 있나 생각하고 내 영역 밖으로 밀어두었을 것이다.

비건 식당 탐방과 워크숍을 겸해 1박 2일로 부산여행을 간 때였다. 부산에 가서 맛있는 비건 음식을먹을 생각에 모두 들떠 있었다. 다른 비건 식당들은어떤 메뉴를 팔까 무척 기대됐다. '부산에 도착하면근처에 있는 비건 식당에 가면 되겠지' 정도로 생각했다. 그런데 다현이가 카톡을 보냈다.

"여기가 우리 숙소이고, 부산 앞바다를 볼 수 있어서 뷰가 좋고, 숙소에서 가까운 곳은 이 식당이야. 밥

먹고 여기 빵집을 가는 게 어떨까?"

내 눈을 의심했다. 국내 여행이고 고작 1박 2일인데 이렇게 꼼꼼한 계획을 세운다니.

스물세 살 때 한 달 동안 유럽 여행을 혼자 다녀온 적이 있다. 보통 대학생이라면 숙소뿐 아니라 블로그와 유튜브를 샅샅이 뒤져 맛집까지 섭렵하고 비행기에 오른다. '내 유럽 여행은 성공적이어야만 해. 놓칠 수 없지' 하면서 다시 오지 않을 수도 있는 시간인 만큼 다들 열의를 다해 구체적으로 계획을 짠다. 그렇지만 나는 그 흔한 맛집도 검색하지 않았다. 왕복 비행기 표가 전부였다.

프랑스에 도착하면 대충 프랑스 친구네에서 지내다가 스페인 가서는 스페인 친구네에서 지내다 오면 된다고 생각했다. 혼자 유럽을 여행할 딸을 비행기 타기 1시간 전까지도 걱정한 아빠를 위해 가짜로 여행 계획 피피티를 만들기도 했다. 여행 피피티는 아빠에게 보여주자마자 고대로 휴지통으로 들어가 삭제되었다. 대책 없는 사람이라고 생각할 수 있지만, 나는 그날 날씨가 어떨지도 모르는데다가 아주 마음에 드는 장소를 발견하면 더 머무를 수 있는 유연함이 여행에 필수적이라고 생각했다. 하루 종일 바게트 하나만 먹고 돌아다녀도 행복했으니까.

교집합이라고는 찾아볼 수 없는 우리 둘이 어떻게 식당을 같이할 수 있는지 의문스러울 때가 종종 있다. 아침마다 등산하는 내 모습을 보면서 다현이가 묻는다.

"언니, 등산이 왜 재밌어? 힘들잖아."

"이 친구야, 등산은 힘든 맛이지. 시원한 바람 부는 정상에서 땀 식히는 맛으로 올라가는 거 아니겠어?"

다현이는 세상에 그럴 수는 없다는 표정으로 고개를 절레절레한다. 등산의 맛을 일깨워주고 싶은 내 마음을 몰라주는 다현이가 섭섭하게 느껴질 정도다. 그렇게 베지베어를 함께하면서 생각, 취미, 좋아하는 음식, 생활 패턴이 전부 다른 사람도 곁에 두고 살아갈 수 있다는 사실을 배웠다. 서로 빈틈을 채워준 덕분에 베지베어가 지금까지 생존할 수 있었다.

시간은 필요했다. 너는 뭐가 매일 그렇게 즐겁냐는 질문을 들을 만큼 웃음을 달고 사는 나 같은 사람이 있고, 인사를 할 때도 웃음을 내어주지 않는 다현이가 있다. 다현이는 웃을 일이 없으면 웃지 않는다. 한 번은 다현이가 화가 났다고 오해한 적이 있었다. 매장 일을 바통 터치하려고 들어오는 다현이에게 웃는 얼굴로 인사했다.

"다현아, 굿모닝."

다현이는 특유의 힘없고 감정 없는 말투로 답한다.

"언니······ 안녕······."

싸늘한 반응에 놀라 눈치를 살피면서 일하는데 갑자기 다현이가 말을 걸었다.

"언니 있자나."

무척 해맑게 웃으며 즐거운 이야기를 조잘조잘 잘도 한다. 다현이는 화가 난 게 아니고 그냥 웃지 않았을 뿐이었다. 희귀한 포켓몬을 만난 기분이었다.

머리부터 발끝까지 나하고 다른 사람을 가까이 두는 일은 여러모로 도움이 된다. 항상 내 주변에는 나하고 비슷한 사람들만 있어서 세상 밖에는 나하고 다른 사람들이 기다린다는 사실을 종종 까먹는다. 다현이를 보며 새삼 그 진리를 깨닫는다. 솔직하게 목소리를 내는 일을 어려워하던 내가 자기 의견을 서슴없이 전달하는 다현이를 보면서 조금씩 달라지고 있다. 예전에는 할 말이 있어도 적당히 눈감고 지나칠 때가 많았는데, 이제는 정확하게 짚고 넘어간다.

다현이도 베지베어를 하면서 여러 가지를 느끼는 듯하다. 완벽하다고 생각한 계획이 어긋나도 더 좋은 결과를 만날 수 있다는 사실도 경험했으리라. 앞으로 서로 다른 점을 숱하게 발견할 수도 있겠지만, 우리는 분명 혼자서는 갈 수 없는 이 길을 서로 빈 곳을 채워 주며 같이 걸어가고 있다.

내 플레이리스트에는 만화 주제가를 모아놓은 리스트가 하나 있다. 희망과 용기로 가득찬 가사와 멜로디, 누군가는 손발이 오그라든다고 싫어할지 모르지만 나는 이 노래들이 참 좋다. 이어폰을 꽂고, 만화 주제가 플레이리스트를 틀고, 곡에 맞춰 힘껏 발을 내딛어 걷고, 가끔은 숨차게 달리는 걸 좋아한다.

밀린 일을 처리할 때 들으면 나는 어느새 위기를 헤쳐 나가는 만화 속 캐릭터가 돼 있다. '할 수 있어', '쉽지는 않겠지' 같은 가사를 듣고 있으면, 만화 속 주인공처럼 나도 멋지게 성장할 수 있다는 자신감이 차오르는 그 기분이 좋다.

뭔가를 성취하는 내 모습을 사랑한다. 거창하지는 않다. 내가 가장 좋아하는 '성취'는 매일 세운 소소한 계획을 지키는 일이다. 특히 할 일이 산더미같이 쌓여 바쁠 때 이 습관을 지켜내면 기쁨과 뿌듯함을 배로 느낀다. 내 인생은 바쁘지 않은 적이 거의 없었다. 고등학교 때부터 이번 학기가 가장 바쁘다는 말을 입에 달고 살았다. 타의인지 자의인지 모르겠지만, 이런 바쁜 정도는 해마다 학기마다 최대치를 갱신하고 있다. 그럴 때마다 나는 만화 주인공처럼 각오를 다지고 이를 앙 다물고 미친 듯이 내 시간을 일에 쏟아붓는다. 내가 지킬 수 있는 작고 구체적인 목표를 세운 뒤 그 목표를 달성하는 습관이 중요하다. 작은 성취가 쌓이면 내 능력이 되고, 자신감이 되고, 기회가 생긴다. 나는 이런 습관을 실천해야 살 수 있는 사람이다.

정말 열심히 노력한 뒤 누가 알아봐주지 않아서 성과가 좋지 않아도 좌절하지 않는다. 그 사람이 안목이 없다고 생각하고 말지, 내 소중하고 아까운 시간을 그 형편없는 사람을 욕하는 데 쓰지는 않는다. 대신 몸을 움직인다. 스트레스 받는 일이 있으면 그 일이 머릿속에 떠오르지 않게 다른 일을 찾는다. 운동이 가장 효과적이었다. 니 킥이 들어간 홈 트레이닝 동영상을 하나 정해두고 화날 때마다 힘껏 무릎을 쳐올리고 나면 기분이 후련해졌다. 가쁜 숨을 고르고 시원하게 샤워를 하면 몸이 나른해진다. 좌절하지 않고 운동까지 한 나 자신을 기특해하며 한숨 자고 일어나 다시 내가 할 일을 했다.

한번은 애인이 《시크릿》을 인간화하면 딱 너 같다라는 말을 했다. 론다 번이 쓴 《시크릿》은 자기를 향한 긍정적인 믿음이 성공으로 이끈다는 메시지를 담았다. 그 말에 뒤이어 애인은 물었다. 스트레스를 받는 상황에서도 어떻게 할 일을 꾸준히 할 수 있냐고. 나를 정말 사랑하고 나를 믿기 때문이라고 답했다.

물론 이런 말은 쉽지 않다. 토종 한국인이라 입 밖에 내기에는 손발이 오그라들 듯하다. 만화 주제가의 주인공이 된 듯 말이다.

세 사람이어야 하는 이유

베지베어 회의를 위해 모인 어느 날, 우리 셋은 각자가 살고 싶은 집을 이야기했다. 성주는 풀과 나무가 자라는 마당 있는 집에서 소중히 여기는 사람이랑 살고 싶다고 했다. 은하 언니는 아침형 인간이기 때문에 햇빛이 잘 드는 게 가장 중요하다고 말했다.

"집이든 마당이든 관리해줄 사람이 중요해."

이런 내 대답을 듣자마자 성주는 너무 현실적이어서 자기 꿈이 와장창 깨졌다며 혀를 내둘렀다. 똑같은 주제를 던져도 전혀 다른 대답이 나오는 우리가 참 신기하다고 생각했다.

베지베어의 고다현, 민성주, 조은하는 2019년 3월에 처음 만나 1년도 안 돼서 동업을 시작한 사이다. 그리고 지금도 식당을 같이 운영하고 있다. 문장으로 적으니 말도 안 되는 이야기다. 우리 셋은 달라도 정말 다르니까. 역설적이게도 이런 점이 우리가 유지될 수 있는 이유다. 가진 능력도, 성격도, 임무도 다 달라 우리는 서로 필요하다.

베지베어에서 우리 셋이 맡은 임무는 주로 이렇게 나뉜다. 신기하게도 각자 성격하고 밀접하게 관련이 있다. 꼼꼼하고 철저한 새로운 지원 사업을 알아보고 세무 관리와 회계, 그밖에 행정 업무를 처리한다.

성주는 소신 있고 진지한 사람이다. 비거니즘에 공감하고 행동하는 성주는 베지베어의 정체성이다. 비건에 관련한 논의들을 가장 먼저 접하며 베지베어가 앞으로 나아가야 할 방향을 탐색한다. 베지베어 디자이너로 활약도 하는데 필요한 인쇄물을 모두 만든다.

은하 언니는 강단 있고 상냥한 사람이다. 매장에 있는 직원들을 알뜰하게 살피고, 매장에 눈이라도 달렸는지 떨어진 물품이 있으면 누구보다 빠르게 알아차린다. 베지베어의 제일가는 요리사로 새 메뉴를 척척 만들어낸다. 나는 은하 언니가 해준 음식이 이 세상에서 가장 맛있다.

베지베어라는 배가 있다. 성주는 망원경을 들고 배가 목적지를 향해 잘 가고 있는지 확인하고, 은하 언니는 선원들이 각자 할 일을 잘하고 있는지 점검하고

왼쪽부터 성주, 은하, 다현. 셋이 처음으로 같이 찍은 단체 사진이다. 베지베어를 정식 오픈하고 한 달 뒤에야 찍었다는 사실은 비밀이다.

지휘한다. 나는 운행 중 파산하지 않게, 선원들이 모두 제값을 받고 일할 수 있도록 계산한다.

어려움에 부딪힐 때마다 같이 고생한 시간은 이렇게 다른 우리 셋을 더 끈끈하게 해줬다. 우리 셋에게는 공공의 적이 있다. 예고 없이 찾아오는 주문 세례다. 몰아치는 주문들에 매장이 한바탕 뒤집어지고 나면 엉망이 된 매장을 찍어서 단톡방에 공유하기도 한다. 그날 매장에 출근하지 않은 사람들은 얼른 밥 먹으라거나 수고했다는 말을 주고받는다.

이 소소한 한마디가 큰 위로가 된다. 힘든 나를 알아주는 사람이 있구나. 그러면 나는 마감을 하면서 다음날 쓸 포장재를 미리 창고에서 가져온다. 그렇게 주고받고 나면 내가 해냈으며 끝까지 잘해보겠다는 생각이 든다. 이런 소소한 배려는 우리를 더 끈끈하게 만들었다.

베지베어를 만나고 얻은 가장 큰 소득은 참 다양한 사람들이 있다는 깨달음이다. 사람들이 모두 똑같은 생각을 하지는 않는다는 사실을 인정하고 받아들이고 있다. 다름이 세상을 굴러가게 돕는다는 사실도.

4

여기 있어요,
비건 식당

똥 케이크 좀 그만 만들어

조
은
하

"대체 똥 케이크를 언제까지 만들 거야?"

요즘 집에서 가장 많이 듣는 말이다. 쉬는 날에도 엉덩이에 불난 사람처럼 이리저리 뛰어다니며 빵을 굽는다. 빵순이는 아니지만 무엇에 홀린 사람처럼 틈나는 대로 거의 매일 제빵 제과 실험을 한다. 말 그대로 실험이다. 연구실에 틀어박혀서 나오지 않는 삐쭉삐쭉 폭탄 머리를 한 과학자처럼 나는 자다 일어난 머리로 하루 종일 빵만 굽는다.

제빵 제과를 제대로 배운 적이 없어서 유튜브나 책을 참고하는데, 레시피를 그대로 따라 하지 않고 새로운 재료로 도전을 해본다. 망치는 데 재미 들린 사람처럼 망치기 일쑤다. 동생은 애원을 한다.

"언니, 제발 재료 낭비하지 말고 맛있는 디저트나 좀 만들어."

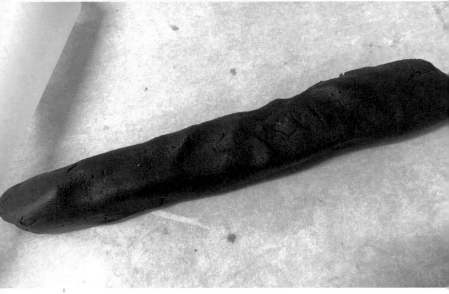

아빠가 말한 똥 케이크. 틀린 말은 아니었을 수도.

괜히 아무 죄 없는 브라우니를 주먹으로 내려치고는 갈 길을 간다. 찌그러진 브라우니를 보고 있자니 어쩐지 억울하다. 레시피에 나오는 재료를 집에서 찾을 때도 있지만 없을 때가 더 많다. 집에 있는 재료를 최대한 활용하다 보니 뜻하지 않게 실패할 때가 많을 뿐이다. 재료를 구매해서 할 수도 있지만, 이런 생각도 든다. '아무도 시도하지 않은 재료를 넣었을 때 최고의 레시피가 나오면 어떡하지?' 뭘 모르면 앞서간 사람을 따라가야 하는데도 말이다.

원래부터 곧이곧대로 하기를 잘 못했다. 피아노를 10년 넘게 치면서 콩쿠르 한 번을 못 나갔다. 웬만하게 치면 안 나가는 애들이 없을 정도로 콩쿠르는 흔했다. 그런데도 피아노 선생님은 내게 한 번도 콩쿠르에 나가라고 하지 않았다. 심지어 나보다 피아노를 늦게 시작한 동생도 콩쿠르에 나가 상까지 탔는데 말이다. 이유는 있었다. 나는 악보대로 치지도 않았고, 그렇다고 선생님이 알려준 대로 연주하지도 않았다.

모차르트도 아니면서 제 감정에 빠져 멋대로 쳤다. 여리게 연주해야 하는 부분에서 피아노 건반이 부서져라 두들겨댔다. 엉망진창으로 건반을 눌러대는 놈을 어떤 스승이 대회에 내보내려 할까. 콩쿠르 다녀와

실패에 실패를 거듭해도 비건 베이킹을 포기할 수 없다.

자랑하는 친구들을 볼 때는 속으로 부러웠지만, 그
뒤에도 여전히 피아노 선생님이 하는 말을 한 귀로 듣
고 한 귀로 흘려보냈다.

처음 디저트를 만든 때는 가족들이 아무도 먹지 않
았다. 지금은 서로 콩고물을 얻어먹으려 하지만 말이
다. 아무도 쳐다보지 않는 쿠키를 홀로 해결해야 했
다. 나마저 불쌍한 쿠키를 외면할 수는 없으니까. 지
금도 망친 디저트는 모두 내 몫이다. 그동안 겪은 수
모를 생각하면 쿠키 한 조각도 내어주고 싶지 않지만,
이제는 맛있게 먹으니까 뿌듯하다. 여전히 엄마와 동
생은 평가에 까다롭다. 맛있는 디저트를 만든 날도
별 반응이 없다.

"음, 먹을 만한데? 건강 생각하면 나쁘지 않아."

칭찬인 듯 아닌 듯한 말을 들으면 어쩐지 찝찝하
다. 맛없을 때 돌아오는 평가는 상당히 냉혹하다.

"맛없어. 저번 게 더 나았어."

"건강한 쿠키는 언니가 다 먹어."

아빠는 더한다. 두부를 넣어 브라우니를 맛있게 만
들었을 때도 돌아온 말은 차가웠다.

"똥 케이크 좀 그만 만들어."

아빠는 브라우니가 똥처럼 보이나 보다. 모양도 맛

도 꽤 그럴싸한데 말이다. 얼마 전에는 엄마 회사 동료들에게 선물하려고 비건 쿠키를 잔뜩 구웠다. 퇴근한 아빠가 식탁 위에 가득한 쿠키를 보고 한마디했다.

"또 똥 케이크냐?"

아빠, 대체 언제까지 똥 케이크라고 할 거야? 심지어 맛있게 먹으면서.

냉혹한 세상 속에서도 내가 베이킹을 포기하지 않는 이유는 실패를 해도 재미있기 때문이다. 망친 디저트를 처리해야 할 때는 괴롭지만 말이다. 숱한 실패에 굴하지 않고 달려온 끝에 제법 맛있는 디저트를 만들게 됐다. 코로나만 아니면 친구들 집집마다 쿠키 순회공연을 돌 텐데. 훗날 베지베어가 베이커리 코너를 열수도 있지 않을까. 앞으로 얼마나 많은 똥 케이크를 만나게 될지 아무도 모르지만 과정 자체를 즐기기로 했다. 어차피 잃을 것도 없으니 겁내지 말자. 나의 똥 케이크 인생은 계속될 테니까.

(누가 만들어도 맛있는 비건 디저트 레시피가 책 끝에 숨겨져 있으니 잘 찾아보세요.)

외삼촌과 나

고등학교 1학년쯤이었다. 엄마가 마땅한 저녁 반찬이 없다며 고기를 구워 먹자고 해서 가족들은 오랜만에 소고기 잔치를 했다. 한참 고기를 먹는데 전화 한 통이 걸려왔다.

"외삼촌, 어쩐 일이세요? 저희 지금 밥 먹어요."

"그래? 뭐 먹니?"

"소고기요."

"소의 울음소리가 들리지 않니?"

아, 전화 괜히 받았다. 곧바로 핸드폰을 귀에서 되도록 멀리 뗀 채 울상을 짓고 벙긋거렸다.

"외삼촌이 소 울음소리가 들리지 않느냐고."

가족들은 젓가락을 쉬지 않으면서 외삼촌은 못 말린다는 표정을 지을 뿐이었다.

"아뇨. 안 들리는데요."

얼른 끊고 젓가락을 들 요량으로 일차원적인 대답을 했다. 비건 외삼촌은 굴하지 않았다. 해마다 열리는 가족 모임 장소를 독단적으로 채식 식당으로 정하는 분이다.

"성주야, 소고기 먹고 싶니?"

"네."

"그럼 소한테 네 허벅지살 이만큼 떼어 먹을 테니 내 허벅지살 이만큼 떼어 줄게 하고 먹으면 된단다."

"……네."

"알았다. 나중에 연락하마."

"네, 삼촌."

평소와 다름없다고 생각한 외삼촌의 말이 어째서 아직도 생생히 기억날까. 외삼촌이 한 말은 기억 한구석에 자리하다가 8년이 지난 뒤 영화 〈기생충〉의 한 장면을 보다가 뜬금없이 떠올랐다.

영화 뒷부분에 정원에서 살인이 연달아 일어난다. 등장인물들이 뒤섞여 서로 죽이려다가 한 인물이 바비큐 꼬챙이에 찔려 죽는다. 돼지고기가 꽂혀 있는 꼬치에 꽂혀 인간이 고기가 된 순간이었다. 인간과 동물은 동등하다는 말 대신 사람 고기와 돼지고기를 나란히 꽂아버리는 감독의 연출에 소름이 돋았다. 끝이 아니었다. 오근세가 찔린 꼬치 끄트머리의 돼지고기를 그 집 강아지가 뜯어먹는 장면이 슥 지나갔다. 내가 지금 뭘 본 거지. 내가 비건이라서 이렇게 느끼는 걸까. 영화가 끝나자마자 핸드폰을 켜 '봉준호 채식'이라고 검색했다. 아니나 다를까 봉준호 감독은 미국 콜로라도 주에서 거대한 도살장을 본 뒤 채식을 지향하게 됐다. 덧붙이자면 철학적 결단이 아니라 도살장에서 풍기는 냄새 때문이었다.

영화에는 인간 사이의 불평등이 잔인하게 나타났다. 그렇지만 〈기생충〉의 모든 장면을 통틀어도 정원 뒤에 놓인 바비큐보다 잔인할 수 없다. 오로지 고기가 되려고 태어나고 죽은 돼지가 버젓이 꽂혀 있는데 인간의 죽음만이 주목받기 때문이다.

〈기생충〉에서 자본주의 사회의 착취받는 동물을 봤다고 하면 누군가는 혀를 내두르며 동물권에 너무 집착한다고 말할 수도 있다. 순화하자면 '한 가지 관점에 매몰되어 시야가 좁아진 사람' 정도가 되겠다. 사실 동물권이나 환경 보호 문제를 삶의 우선순위로 두는 일이 보편적이지 않기 때문에 이해가 된다.

대학교 4학년 졸업을 앞둔 친구들하고 카페에서 미래에 관한 불안감을 토해내던 날이었다. 대부분 공채,

대학원, 10년 뒤 커리어 등을 얘기했다. 나는 말했다.

"그런데 우리가 1년, 10년 뒤 어떻게 살지 고민해 봤자 그때는 지금처럼 못 살 수도 있어. 인간이 지구를 빠르게 파괴하는 게 가장 걱정돼. 당장 서식지가 파괴되는데 커리어가 뭔 소용이야."

아주 짧은 정적이 흘렀다. 어색한 기운에 내가 상처받을까 친구들은 바로 공감의 제스처를 해주지만 어쩐지 외로웠다. 지구에는 인간만 살지 않는다. 우리가 아무도 살지 못하는 지구로 만드는 게 가장 걱정된다면 이상한 걸까. 인간은 자기가 겪은 부조리를 글이나 영화로 만들며 목소리를 낼 수 있는데, 가축은 인간의 힘을 빌리지 않으면 자기 처지를 말할 수도 없다. 외삼촌이 소를 대신해서 울음소리가 들리지 않느냐고 한 때 이런 기분이었을까.

하루 한 끼는 채식

조
은
하

"또 초록색이야?"

어릴 때 동생이 식탁 앞에서 시무룩한 얼굴로 한 말이다. 주는 대로 먹지 않고 꼭 한마디씩 한다. 우리 집은 고기보다 채소로 차린 식탁이 일상이었다. 엄마는 고기를 잘 소화하지 못하고 아빠는 생채소파라서 밥상은 자연스럽게 푸른색으로 채워졌다. 나도 모르는 새 '지구 지킴이'로 살고 있었다. 특이하게도 아빠에게는 생양파와 생강, 무 같은 채소가 간식이었다. 괴짜 같은 아빠의 식습관을 닮아 나도 가리지 않고 소처럼 먹어 치웠다.

채소가 늘 풍족하게 식탁을 채운 데에는 할머니 공이 크다. 할머니는 하루에 절반이 넘는 시간을 밭에서 보낼 만큼 농사일에 열정이 있었고, 자연스레 우리 가족은 주말마다 밭에 가서 말 그대로 노동을 했다. 밭에서 상추, 고추, 오이, 토마토 등을 수확해 여름 내내 주식으로 먹었다. 작물마다 심는 시기와 자라는 시기가 달라 농부의 삶은 계절의 시간에 맞춰 돌아갔다. 지금도 때때마다 봄이면 모종을 사다가 심고, 여름에는 감자를 캐고, 가을에는 고구마를 거두고, 겨울에는 깨를 턴 뒤 또다시 내년 농사를 준비했다.

생각보다 밭일이 적성에 맞아 이미 까만 얼굴이 더 까매지는 줄도 모르고 밭에 가서 열심히 호미질을 했다. 아무것도 없는 땅에서 더우나 추우나 하나둘 자라는 농작물을 보면 어디서 그토록 강인한 생명력이 나오는지 신기했다.

요리를 혼자 할 수 있게 된 때도 주재료는 채소였다. 고기를 먹을 때보다 채소 위주로 식사를 하고 나면 몸이 더 개운하고 가벼워서 채소를 자꾸 찾게 했다. 요가를 한 뒤처럼 개운하다고 할까.

베지베어 새 메뉴를 준비하는 과정이 내 채식 생활에 힘이 된다. 새 메뉴를 개발하려고 칼과 도마를 들면 하루 한 끼는 저절로 채식으로 먹을 수밖에 없다. 주로 집에서 작업하다 보니 자연스럽게 그날은 온 가족이 하루 한 끼 비건식에 동참하게 된다. 이렇게 쥐도 새도 모르게 가족들을 지구 지킴이로 끌어들이는 내 전략이 빛을 발한다.

"오늘은 내가 요리사! 아무것도 하지 마."

가족들은 또 시작이구나 하는 표정으로 식탁이 차려지기를 기다린다.

채소를 늘 먹어온 가족들도 콩으로 만든 '콩고기'나 '콩단백' 같은 재료는 낯설어했다. 동생보다 엄마와 아빠가 믿을 수 없다는 눈으로 음식을 쳐다보기만 했다. 엄마는 내게 한 수 일러준다는 표정으로 말했다.

"너 비건이면 고기 없이 요리해야지. 고기 요리를 내놓고 비건 음식이라니, 얘는 참."

새침한 엄마 얼굴을 보고 있자니 웃음이 났다.

"엄마, 이거 비건이야. 콩고기 함박스테이크."

입안 가득 함박스테이크를 넣고 나서 묻는다.

"이게 정말 비건이야?"

이 순간이 가장 짜릿하다.

비건이라고 하면 대부분 힘없는 풀로 가득한 샐러드만 생각하기 쉽다. 맛없고 건강에만 좋은 음식, 맛있게 먹기는 힘든 이미지를 쉽게 떠올리지만, 해보면 거창하고 대단하지 않다. 나도 그랬지만, 머릿속으로 생각하는 채식과 직접 경험하는 채식은 많이 다르다. 아침 한 끼는 아삭아삭한 사과를 베어 물면서 시작할 수도 있고, 크림파스타를 좋아하면 우유 대신 두유를 넣어 만든 파스타를 먹을 수 있다. '작지만 절대 작지 않은' 행동이 우리 삶에 큰 변화를 일으킨다.

'시작이 반이다'는 최고의 명언이다. 하루 한 끼는 꼭 채식을 하고야 말겠다고 생각하며 인스타그램 계정을 만들었다. 직접 만든 비건 요리를 소개하고 비건 레시피를 공유한다. 그러던 중에 성주가 유튜브를 한번 해보는 게 어떠냐고 툭 던졌다.

"언니 운동하는 거 좋아하니까 브이로그도 해봐."

다음날 바로 유튜브 계정도 만들었다. 동영상 편집이나 유튜브 시스템 같은 건 하나도 모른 채 시작해버렸다. 추진력만큼은 끝내준다. 물론 깊은 고민이 없어서 늘 문제지만. 무슨 일이든 마음먹고 시작하기가 쉽지 않다. 그래서 일단 시작부터 하고 본다. 결과야 어떻든 해보기와 생각만 하다 끝나버리기는 다르니까. 유튜브 계정은 구독자가 지인 30명에서 시작해 300명 정도로 늘었다. 한두 명씩 늘어가는 구독자 수를 볼 때마다 생각했다. '역시 시작하기를 잘했다.'

짧게 유튜브 채널 홍보를 하면, 채널 이름은 '파괴왕'이다. 태권도 동아리 시절 태권도 시범을 보일 때 대리석 다섯 장을 단번에 박살내는 바람에 후배가 붙인 별명이다. 왠지 그뒤부터 손힘 조절이 안 된다. 안경을 닦을 때마다 안경테가 힘없이 부러진다. 엄마는 조심성이 그렇게 없어서 되겠냐고 나무란다. 내 모습을 근육 빵빵한 마동석쯤으로 상상할지 모르지만, 그 정도는 아니다. 유튜브 검색창에 '파괴왕 레시피'를 검색한 다음에 '구독'과 '좋아요'를 눌러주시라. 쓸 만한 비건 요리 레시피와 누구나 쉽게 만들 수 있는 비건 디저트 레시피를 드리겠다(웹툰 작가 주호민이 나올 수 있으니 주의 바람).

언니, 우리가 최우수상이래

조
은
하

"베지베어 오셨나요?"

"네."

손을 번쩍 들고 대답했다. 쟁쟁한 셰프들 사이에서 요리모를 난생처음 써본다. 지난해에 한식진흥원에서 진행하는 '한식당 국산 식재료 지원 사업'에 베지베어도 함께했다. '한식당 국산 식재료 지원 사업'은 국내에서 생산한 식재료를 사용해 새로운 메뉴를 개발하거나 판매하는 업체를 지원하는 사업으로, 국산 농산물 소비 활성화가 목적이었다. 9월부터 11월까지 약 두 달 동안 한식진흥원에서 지원을 받아 새 메뉴를 개발해 판매했다.

새 메뉴는 고추장덮불과 간장덮불이었다. 팝업 식당 때부터 판 이불덮밥 시리즈하고 비슷하게 이름을 지었다. 콩고기와 국산 식재료인 대파, 양파, 버섯 등을 불맛 나게 볶은 덤불 메뉴는 이불덮밥만큼 인기가 많았다. 콩고기 특유의 식감과 향이 부담스러운 손님들도 자주 찾을 만큼 판매가 잘된 음식이다.

한식당 국산 식재료 지원 사업의 마지막 단계는 바로 평가회이다. 지원 사업에 참여한 전국 한식당들이 각자 새 메뉴를 선보이는 자리이다. 다현이가 들고온 공문을 보고 일주일만에 계획서를 써낸 게 엊그제 같은데 벌써 평가회 날이 다가왔다.

막상 재료를 준비하니 쇼핑백 두 개면 거뜬했다. 조리장에 들어서자 먼저 온 다른 팀들은 이미 복장을 갖춘 채 서로 눈치 보느라 바빴다. 나도 한식진흥원에서 준 요리모를 쓰고 조리복으로 바꿔 입었다. 화장실 거울에 비친 나는 어쩐지 우스꽝스러웠다. '오늘은 내가 요리사'라는 익숙한 멜로디가 머릿속을 지나갔다. 다현이 이름으로 각인된 요리복을 입고, 옷 끝자락에 선명하게 수놓인 '베지베어'를 보니 그제야 실감이 났다. '살짝 긴장되는데?' 팝업 식당을 준비하면서 조리 대회를 경험은 해봤지만, 여기 있는 셰프들이 한 경험에 견주면 사이즈부터 다를 게 분명했다.

"언니, 어떡해. 나 발표 연습 좀 더 할래."

"괜찮아. 즐기면 그뿐이야."

불 맛나게 볶은 제육볶음 스타일의 '고추장덤불'로 2020년 한식당 국산 식재료 지원 사업 신 메뉴 평가회에서 최우수상을 수상했다.

발표 대본을 다시 집어드는 다현이에게 애써 쿨하게 얘기했지만, 정작 가장 좋아든 사람은 나였다.

둥둥둥둥. 어디서 북소리가 들렸다. '웬 북소리지? 그럴 리가 없는데? 이게 무슨 소리지?' 자동 유리문이 열리면서 수양대군이 등장했다. 갓 따온 솔잎 한 상자, 그릴 프라이팬, 사과 두 상자, 주방에 있는 온갖 도구란 도구는 다 챙겨온 듯 분위기가 압도됐다. 영화 〈관상〉에서 '내가 왕이 될 상인가' 하고 묻던 이정재처럼 포스가 느껴졌다. 안 그래도 평균키에 못 미치는 나는 목을 꺾어 들어야 보일 정도로 키 큰 남자 셰프 두 명이 수레를 밀며 등장한다. 내 앞에 얇게 썬, 어딘가 비리비리한 파를 보니 갑자기 우리가 초라해졌다. 곁눈질로 수양대군 팀의 식당 이름을 알아내어 잽싸게 검색했다. 《미슐랭 가이드》에도 나오는 식당이다. 런치 코스 8만 원, 롱 코스 18만 원. 베지베어 덮밥은 6800원, 가장 비싼 메뉴는 9400원. 기죽지 마, 얘들아. 정작 가장 기죽은 사람은 나였다.

심사위원은 대회 시작을 알렸다. 달군 프라이팬에 기름을 두르고 파기름을 낸다. 취이익, 고소한 파기름 향기가 코를 찌른다. 채소와 콩고기를 함께 넣고 소스를 섞어 맛깔나게 볶는다. 화력이 약한 인덕션이라

아쉽지만 고수는 장비를 탓하지 않는다. 5분도 안 돼 끝난 고추장덤불을 그릇에 예쁘게 담아 플레이팅까지 모두 끝냈다. 큰 기대를 하지 않은 탓일까, 막상 대회를 시작하고 나니 떨리는 마음은 온데간데없이 사라졌다. 새 메뉴 피피티 발표까지 마치고는 다른 팀들하고 기념사진도 한 장 남겼다. 끝 쪽에 서서 찍고 싶었는데, 밀리고 밀려 정중앙에 자리를 잡아 생일잔치 주인공처럼 찍었다.

다현이랑 근처 식당에서 점심을 먹은 뒤 지하철을 타고 집으로 갔다. 온라인으로 진행하는 시상식은 집에 있는 성주가 대신 참석했다. 속전속결로 지나간 시상식은 장려상 수상이 끝나고 우수상 차례가 됐다.

"언니, 이번에는 못 타나봐."

우수상마저 끝나자 성주는 아쉬운 기색을 내비쳤다. 큰 기대를 하지 않은 만큼 실망도 크지 않았다. 수양대군 팀이 최우수상일까 생각하는데 성주가 갑자기 소리쳤다.

"언니, 최우수상이 우리야."

이게 무슨 소리야? 단톡방은 'ㅋㅋㅋㅋ'로 가득찼다. 기쁜 것보다 다 같이 빵 터져 웃음이 났다. 왜 우리는 최우수상은 절대 받을 수 없다고 생각했을까. 엉

겁결에 아래는 '빤스' 바람으로 성주가 최우수상 수상 소감까지 마쳤다. 이렇게 두고두고 이야기할 추억 거리가 생겼다. 최우수상의 명예뿐만 아니라 상장과 상금까지 전부 짜릿했다. 무엇보다 숱한 논비건 메뉴 사이에서 비건 메뉴가 당당하게 1등을 해 뿌듯했다.

학창 시절 시험 보러 가는 날 아침에도 긴장한 적이 없었다.

"엄마, 나 백점 맞고 올게."

열심히 공부하지도 않았으면서 근거 없는 자신감으로 철철 넘쳤다. 가끔 떨릴 때면 '어차피 내가 짱이야, 다 비켜' 하면서 괜히 겁먹지 않은 척 구는데, 한식진흥원 평가회에서는 유난히 긴장을 했다. 세상에 믿을 사람은 어차피 나밖에 없다는데, 그 짧은 순간에 나를 의심해서 미안했다. 모든 일은 결과가 어떻든 최종적으로는 나를 이로운 길로 이끌어줄 테니 그렇게 '쫄' 필요가 없었다. 어떤 순간이 찾아와도 나를 꼭 믿기로 다짐했다.

겸손함, 미덕 또는 자존감 도둑

민
성
주

겸손함은 미덕이다. 누구나 권유를 받는다. 한국 사회는 자기가 거둔 성과를 말하면 잘난 체한다고 보는 시선이 있다. 그렇지만 남에게 나를 낮춰 말하는 태도가 습관이 되면 겸손한 건지 아니면 정말 그 정도 사람인 건지 헷갈리는 순간이 온다.

다사다난하던 2020년이 하루 남은 날, 우리 셋은 우리 책에 어떤 이야기를 더 담을지 고민하고 있었다. 올해 무슨 일이 있었더라 하면서 한 해를 돌아보니 할 수 있는 실수는 모조리 하고 숱한 시행착오를 겪었다. 실수하느라 바쁜 사이에도 팝업 식당 조리 시험, 키움 식당 경진대회, 박스퀘어 입점, 한식진흥원 최우수상까지 야무지게 땅을 고르면서 한 발 한 발 걸어왔다. 그런데 나는 우리가 열심히 노력해서 얻은 성과를 낮춰 말했다.

"우리가 지금까지 잘해낸 게 신기해. 정말 운이 좋은 것 같아."

"이 모든 게 우연이고 운이라고 치부하기는 좀 그렇지 않아?"

곧바로 돌아온 답을 듣는 순간 내가 겸손에 그치지 않고 '나'를 넘어 '우리'를 과소평가하고 있다는 사실을 깨달았다. 식당을 시작할 때는 부족한 점도 많았지만, 분명히 짧은 시간에 눈에 보이는 성과를 내고 각자 성장도 했다. 1년에 두 번이나 장관상도 받았다. 상장을 식당 앞에 자랑하자는 말이 나왔지만, 나는 부끄럽다면서 주방 구석에 붙여버렸다. 내가 100의 능력을 120이라고 하지는 못할망정 70이라고 한다는 사실도 알게 됐다.

처음에는 내 자랑을 하려고 했다. 입 밖으로 소리 내어 말할 수 없는 볼드모트처럼 차마 내 손으로 그런 짓은 못하겠다. 대신 올해는 조금 특이한 실천을 하기로 했다. 매일 저녁 열 시에 친구하고 통화하면서 자기 자랑 시간 갖기. 내 능력을 뽐내거나 오늘의 성취를 말해도 좋다. 사실 1월이 채 가기도 전에 자랑할 능력을 생각하기 힘들어 '나는 숙면의 왕이야. 머리만 대면 잔다'고 하는 지경까지 왔지만, 시간이 지나면 자랑거리가 또 생기리라고 믿는다. 장담컨대 자존감이 올라간다거나 뻔뻔해진다거나 하는 효과는 없다. 다만 하루를 마치며 하는 통화가 꽤 유쾌하니까 모두 해보기를 권한다.

친구 이 씨와 김 씨

조
은
하

나는 김 씨, 최 씨, 곽 씨, 나 씨, 황 씨, 이 씨, 박 씨 친구들이 있다. 그 중에 이 씨 친구 이야기를 먼저 들어보자. 이 씨는 친구들 사이에서 편식쟁이로 유명하다. 오이를 싫어하고 버섯과 가지는 쳐다보지도 않는다. 같이 밥을 먹을 때도 좋아하는 음식만 최선을 다해 골라 먹는다. 나 같으면 골라 먹기 귀찮아서 그냥 먹을 당근도 접시 한쪽으로 멀찌감치 치워버린다.

특이하게도 이 씨는 서브웨이를 자주 간다. 서브웨이라면 자고로 신선한 채소 샌드위치를 자랑하는 곳이 아닌가. 아니나 다를까 점원이 묻는 말에 최선을 다해 대답한다.

"싫어하는 채소 말씀해주세요."

"피클 빼주시고요. 올리브, 피망, 양파랑……."

친구 이 씨의 부름을 받은 채소들이 계속 줄지어

나온다. 결국 빵 위에 올라가는 채소는 양상추랑 토마토가 전부다.

"그럴 거면 왜 비싼 돈 주고 서브웨이를 먹어?"

"양상추랑 토마토라도 먹는 게 어디야 흐흐." 먹는 것보다 안 먹는 게 더 많은 식습관을 지닌 이 씨는 170센티미터를 훌쩍 넘는 멋진 키를 자랑한다. 골고루 잘 먹어야 키 큰다는 어른들 말씀은 이 씨 앞에서 어김없이 무너졌다. 어릴 때부터 가리는 것 없이 잘 먹은 나는 1센티미터라도 커 보이려고 사진 찍을 때마다 발뒤꿈치를 드는데 말이다.

이 친구 이 씨가 비건 식당인 우리 가게에는 곧잘 온다. 눈이 풀린 채 정신없이 일하는 나를 구경하려고 오는 날도 있지만, 신기하게도 밥 한끼는 꼭 먹고 간다. 죽어도 채소는 싫은 이 씨가 처음으로 시도한 메뉴는 토마토스튜인데, 싫어하는 버섯이랑 당근으로 끓인 스튜를 국물 한 방울 남기지 않고 싹싹 비웠다.

빈 그릇을 보고 '이 자식 의리로 먹었네' 하고 생각하는 찰나 이 씨가 말했다.

"맛있어. 기대보다 맛있게 잘 먹었어."

여태껏 여러 조리 대회를 거치면서 들은 어느 심사위원 평보다 이 한마디가 나를 뿌듯하게 했다. '이제

됐어. 얘만 잘 먹이면 나머지는 문제없어.' 이 씨는 스튜를 시작으로 토마토함박스테이크, 새 메뉴 덮불까지 섭렵하고, 팝업 메뉴까지 예약해서 먹는다.

둘째 친구 김 씨는 베지베어의 첫 알바생이다. 고기 없는 삶은 상상할 수도 없는 김 씨는 뛰어난 식욕을 자랑한다. 치킨을 연인보다 더 자주 만나고, 맛있는 음식을 먹는다면 당연히 육류 메뉴를 떠올리는 사람이다. 한때 부모님이 갈빗집을 운영하면서 김 씨에게 풍족한 고기반찬은 일상이었다. 그런데 주변인들이 하나둘 달라지기 시작했다. 김 씨의 한 친구는 채식주의 단계의 하나인 페스코를 실천하고 있다. 김 씨는 그 친구를 만날 때면 비건 식당에서 밥을 먹고 비건 카페에서 디저트를 먹었다. 고기 없는 식사가 어렵지 않다는 사실을 경험한 셈이다.

비거니즘을 실천하는 친구들이 늘어나면 그 주변인들까지 비건 음식을 더 많이 접하게 된다. 조금씩 바뀌던 김 씨가 우연히 알바를 시작한 곳이 베지베어였다. 비건 식당에서 일을 하니 당연히 근무 시간에 먹는 식사는 비건 메뉴였다. 김 씨는 의도한 적 없지만 하루 한끼는 비건식을 먹는 자기 모습을 발견할 수 있었다. 월요일은 고추장이불덮밥, 화요일은 간장

베지베어의 스텝밀. 비건이어도 충분히 다양하고 맛있게 만들 수 있다.

덮불, 수요일은 함박스테이크에 더해, 정식 메뉴에는 없지만 스태프 밀로 로제파스타, 콩불, 감자고로케, 비건 곰탕, 타코라이스까지 매번 새로운 음식을 먹을 수 있게 한다. 고기 없는 밥상을 상상할 수 없던 김 씨가 말한다.

"비건 음식은 샐러드만 떠올랐는데, 이렇게 맛있고 다양한 음식을 먹을 수 있다니. 비건 음식에 관한 편견이 깨지는 맛이야."

채소를 좋아하든 싫어하든 누구 하나 소외되지 않고 맛있게 먹을 수 있는 식당이면 좋겠다. 베지베어는 모든 사람을 위한 공간이 돼야 하니까. 비건은 금욕적이고 제한적이라는 편견이 있지만 비건들도 맛있는 음식을 먹고 '음식의 행복함'을 누리며 산다.

사람들에게 환경 문제와 동물권을 이야기할 수 있는 방법은 여러 가지가 있지만, 나는 음식으로 그 메시지를 공유하고 싶다. 가장 자신 있는 부분이면서 많은 사람들에게 영향력을 발휘할 수 있는 실천 방법이기 때문이다. 그래서 더더욱 베지베어는 누구나 대중적으로 즐길 수 있는 식당이어야 한다. 틀에 갇히지 않고 비건이 '새로운 미식의 장'이 될 수 있다는 것을 보여주고 싶다.

부산, 비건 식도락 여행

조
은
하

"우리도 여행 좀 가보자."

오픈한 뒤 쉴 틈 없이 바삐 달려온 우리는 한 번도 여행을 같이 못 갔다. 토요일이 베지베어의 유일한 휴무일이기 때문에 주말에도 여행을 갈 시간이 없었다. 해외여행을 가서 새로운 비건 음식을 먹어보고 영감도 좀 받자는 행복한 상상을 했지만 코로나 때문에 불가능한 일이 됐다. 그렇게 여행 좀 가자고 내내 말만 하다가 드디어 부산 1박 2일 여행을 계획했다. 아니나 다를까 하필 우리가 가기로 한 날짜에 몇 년 만에 태풍이 찾아온다는 소식을 마주했다. 여행마저 순탄하지 않은 이놈의 베지베어.

출발하기 여섯 시간 전까지 핸드폰을 붙들고 긴급대책 회의를 했다. 여행을 가니 마니 옥신각신하면서 지금 여행을 가면 운영 날까지 못 돌아올 수도 있다는 불안감까지 더해지니 회의는 끝날 기미가 보이지 않았다. 다현이는 어렵게 얻은 휴무니까 가야 한다는 강경파였고, 성주와 나는 다음 기회가 있지 않겠냐는 온건파였다. 강경파가 승리했다. 이럴 줄 알았으면 그냥 여행 가방 다 싸놓고 일찍 잠이나 잘걸. 우리는 다음 날 두 눈이 팅팅 부은 채로 서울역에서 만났다.

내 첫 부산 여행은 이렇게 시작했다. 두 시간을 꾸벅꾸벅 졸다보니 어느새 부산에 도착했다. 걱정하던 비바람은 온데간데없고 강렬한 햇빛이 우리를 맞았다. 바다 냄새가 코를 찔렀다. 바닷가 주변에는 횟집이 가득하기 마련인데, 부산에는 횟집 말고 맛있는 비건 식당도 있다. 베지베어 팀이 심사숙고해 고른 비건 식당 세 곳을 소개한다.

편한집밥 부산시 금정구 금샘로 36

굶주린 배를 부여잡고 부리나케 부산에서 처음으로 들른 비건 식당은 '편한집밥'이다. 편한집밥에 가는 길은 조금 독특하다. 밥을 먹으러 가려고 탄 버스가 갑자기 부산대학교로 들어가는 게 아닌가. 뜻밖에 부산대학교를 관광 코스처럼 구경하게 된다. 부산대학교 관광을 마치고 나면 편한집밥에 도착하는데, 이

편한집밥의 반찬과 느타리탕수. 푸짐하고 맛있는 비건 음식을 판다.

름처럼 편한 분위기다. 친절한 사장님이 따뜻하게 반겨주신다. 메뉴는 여러 가지가 있는데 그중 우리가 먹은 음식을 소개한다. 사투리 없는 말투가 힌트가 됐을까. 도착하자마자 메뉴를 우르르 시키는 우리 모습을 보고 사장님은 웃었다.

"서울에서 온 아가씨들이 많이 배고픈가 보네요."

모두 가장 기대한 비건 치킨. 한입 먹자마자 눈이 크게 떠지는 맛이다. 바삭하면서도 콩고기의 결이 살아 있고, 심지어 쫄깃하다. 영락없는 치킨 맛이라 성주와 다현이의 입맛을 사로잡았다. 양념을 찍어 먹어도 맛있고 짭짤한 소금을 찍어도 그냥 좋은 맛이다. 여행에서 돌아오는 길에 하나라도 더 먹을 걸 하는 진한 아쉬움이 남는다. 강력하게 추천한다.

칼칼하고 담백한 두개장은 학교 급식으로 먹던 육개장이 떠오르는 음식이다. 고기 대신 콩을 넣은 육개장이다. 밥 한술, 두개장 한술 먹으면 어느새 밥 한 공기를 뚝딱 비울 수 있다. 함께 나오는 밑반찬도 어느 하나 놓치고 싶지 않은 맛이다. 가장 생각나는 반찬이 비건 장조림이다. 달달하고 짭쪼름한 간장소스에 잘 어울리는 비건 콩고기는 그야말로 밥도둑이다. 둘째 접시도 말끔하게 비웠다.

홈의 후무스샐러드 볼과 비욘드 피자. 맛도 맛이지만 가게 분위기가 정말 좋다.

홈 부산시 해운대구 중동 2로 26번길 5, 1층

해운대에서 실컷 놀고 나니 또 배가 고팠다. 해운대 근처에 자리한 '홈'으로 발길을 옮겼다. 문을 열자 새로운 세상이 펼쳐지는 기분이었다. 비밀 장소를 발견한 듯 독특한 아우라를 풍기는 홈은 알 수 없는 묘한 향기로 우리를 반겼다.

사장님이 지닌 뚜렷한 취향이 녹아든 공간이었다. 이국적인 인테리어와 셀 수 없이 많은 크고 작은 소품들이 나머지 분위기를 채워준다. 히피들의 단골 술집일 듯한 이곳은 와인과 맥주도 판다. 귀여운 반려동물 한 마리가 꼬리를 흔들며 손님들을 환영한다. 음식이 나오면 테이블 밑으로 와서 아련한 눈빛으로 뚫어져라 쳐다보기도 한다.

후무스샐러드 볼은 신선한 채소와 후무스, 빵, 콩을 골고루 먹을 수 있는 메뉴다. 상큼하고 담백한 후무스는 따로 한 통을 사고 싶을 정도로 맛있다. 비욘드 피자는 토마토소스가 기가 막힌다. 진한 토마토소스에 양파, 피망, 할라피뇨 같은 채소가 토핑으로 올라가고, 고소한 수제 치즈가 화룡점정이다. 맥주 한 잔을 시키면 더 잘 어울린다.

베지나랑의 흑미콩까스와 아보카도롤. 아보카도롤은 꼭 맛보기를 추천한다.

베지나랑 부산시 수영구 광안해변로 370번길 9-32, 노블스카이 9층

부산 여행 마지막 날, 그래봤자 하루 자고 난 다음 날 점심으로 베지나랑을 가기로 했다. 또 다른 태풍이 한반도로 북상하고 있다는 뉴스를 봤지만, 비건 식당 순회 말고는 아무런 여행 계획이 없기 때문에 밥을 먹으러 가야 했다. 그렇게 서울로 올라가는 날도 우리는 마지막 비건 식당으로 향했다.

오픈 시간보다 20분 일찍 도착한 우리는 식당 앞 바닷가에서 사진을 찍었다. 그래도 15분이나 남자 성주는 말했다.

"그냥 들어가자. 나 배고파."

"성주야, 너, 우리 매장 오픈하기 전에 손님이 오시면 기분이 어때?"

성주는 눈을 동그랗게 뜨고는 한 마디 툭 던져놓고 가던 발걸음을 돌린다.

"기다리자."

결국 오픈 시간에 맞춰 도착한 우리는 허겁지겁 메뉴를 골랐다.

바삭한 흑미콩까스는 논비건 메뉴인 돈까스에 견줄 만한 메뉴다. 어떻게 이렇게 맛있게 튀기는지 비법을 물어보고 싶을 만큼 바삭했다. 콩까스 한입을 베

어 먹을 때마다 청각을 자극한다. 그만큼 겉은 바삭하고 속은 촉촉하다는 말이다. 겉바속촉.

아보카도롤은 참치 맛하고 비슷한 콩햄에 오이와 단무지, 고소한 아보카도를 곁들인 메뉴다. 성주는 일주일 내내 사 먹고 싶다고 할 정도로 극찬했다. 아보카도롤 위에 뿌린 담백하고 상큼한 화이트소스도 입맛을 돋운다.

–

서울을 벗어난 다른 지역에서 비건 식당을 발견하기가 하늘의 별 따기일 줄 알았는데, 이렇게 맛있는 식당들이 많다니. 유명한 비건 식당은 다 가봤다고 생각했는데, 아직 갈 길이 한참 남았다. 부산에서 경험한 비건 식당들은 진짜 고수들의 세계였다. 음식에 자신감이 넘쳐흐르고, 식재료를 자유롭게 가지고 노는 셰프들의 경험이 느껴지는 맛이었다.

이렇게 새로운 비건 식당을 발견할 때마다 도전장을 받는 기분이다. 이제껏 먹어보지 못한 맛있는 비건 음식을 만나면 꼭 내게 이렇게 말하는 듯하다.

"어때? 맛있지? 우리는 이 정도 비건 음식을 내놓

는 식당이라고."

나는 숟가락을 내려놓고 다짐을 한다.

"좋아, 결심했어. 나도 이런 맛에 뒤지지 않는 음식들을 만들어내겠어."

베지베어도 손님들에게 즐거움과 감동을 전할 수 있는 식당이고 싶다. 오픈한 뒤부터 끊임없이 사랑을 받고 있지만 우리는 아직 배고프다. 더 맛있고 놀라운 음식으로 손님들을 즐겁게 해주고 싶다. 돌아오는 길에 성주의 옆구리를 괜히 쿡쿡 찔러본다.

"성주야, 우리 팝업 메뉴 할래?"

새 메뉴도 하고 싶어

민
성
주

여행을 끝내고 집으로 돌아오는 길은 피곤해 늘어지기 마련인데, 부산에서 서울로 돌아가는 기차 안에서 우리는 뜨거운 토론을 벌였다.

"김밥 안에 들어가는 대체육은 뭘까? 그런 식감 나는 콩고기 먹어본 적 있어?"

"소스는 뭘로 만들었을까? 마요네즈가 엄청 상큼하고 부드럽더라."

"코코넛 맛이 나더라고."

부산에서 먹은 음식을 얘기하다가 각자 인터넷으로 새로운 식자재를 찾기 시작했다. 베지베어 오픈 초기에는 메뉴가 하나뿐이어서 새 메뉴를 계속 개발해야 했다. 손님에게 시식을 제공해 반응도 살피고 고정 메뉴를 늘리려 힘을 쏟았다. 덕분에 사랑받는 메뉴들이 여럿 생겼다.

고정 메뉴가 자리를 잡으면서 안정이 된 반면 날마다 똑같은 메뉴만 만드는 똑같은 하루가 반복되던 참에 새로운 자극을 받을 수 있었다. 쉬려고 부산에 갔는데, 새로운 식당에서 새로운 음식을 먹으니 오랜만에 불꽃이 튀었다. 맛있고 새롭고 재미있는 비건 음식들을 손님에게 선보이고 싶다는 욕심이 생겼다.

그렇지만 무턱대고 새 메뉴를 만들자니 냉장고는 비좁고 화구도 부족하다. 셋이서 입을 모아 '하고는 싶지만⋯⋯'을 중얼거리던 찰나였다. 고정 메뉴가 아니라 반짝 나타난 뒤 사라지는 팝업 메뉴로 하면 어떨까 하는 얘기가 나왔다. 그렇게 베지베어 팝업 메뉴 릴레이가 시작됐다.

팝업 첫 메뉴는 비건 피자였다. 도우와 토핑은 바삭할 때까지 익히고 수제 비건 치즈를 올려 고소함을 더했다. 오븐에서 갓 나온 피자를 한입 물면 채소가 품은 즙과 토마토소스가 어우러졌다. 한 판을 혼자 다 먹고 싶을 정도였다. 아무리 맛있어도 메뉴 개발하느라 일주일에 세 번 넘게 피자를 먹다 보니 더 먹기가 힘들었다. 출시 직전에는 친구들을 불러 한 조각씩 먹이면서 맛을 묻기도 했다.

한 번에 그칠 피자 팝업을 잘해보려고 피자 다큐

멘터리도 봤다. 은하 언니는 도우를 만드느라 손목을 버리고, 팀원 모두 매장에 자주 나와 점검하면서 오랜만에 열정을 다 쏟아부었다. 팝업 메뉴가 출시된 날, 손님들이 먹는 모습을 멀리 서서 훔쳐보는데 왠지 뿌듯하고 행복했다. 손님들도 행복한 표정이었다.

다음 메뉴는 로제파스타였다. 로제파스타는 매장에서 특식을 먹고 싶은 날에 해 먹은 스태프 밀이라 익숙했다. 첫 팝업이 성공적이어서 두 번째 팝업도 쉽겠지 생각했지만, 문제가 있었다. 레시피를 만든 사람이 나였다.

지금까지 베지베어 메뉴는 셋이 여러 번 먹어보며 레시피를 수정했지만, 이 메뉴는 모두 맛있다고 해서 온전히 내 레시피를 살리기로 했다. 팝업 스토어를 하는 날, 일찍 나와 긴장한 채 재료를 손질했다. 이미 레시피가 있기 때문에 그대로 계량만 하면 되는데도 묘하게 경직됐다. 소스를 만들고 맛을 보는데 어제랑 맛이 달랐다. 당황한 기색을 숨기지 못하고 급히 은하 언니에게 달려가서 유난을 떨었다.

"먹어봐. 어때? 저번이랑 다르지. 어떡해! 뭐가 잘못된 거지?"

"조금만 더 끓이면 되겠는데?"

언니는 침착하게 반응하면서 나를 진정시켰지만, 자꾸 이렇게 말하는 손님들 모습을 상상했다.

"원래 베지베어 음식 맛있는데 이번 음식은 좀 별로다. 그치?"

"그러게…… 조금 다르네?"

머릿속으로 온갖 시나리오를 쓰면서도 손은 바쁘다. 떨리는 마음으로 첫 접시를 내놨지만 불안해서 손님들이 먹는 모습을 보지 못했다. 깨끗하게 빈 접시가 돌아오자 내 정신도 조금 돌아왔지만, 혼자서는 음식 한 접시도 제대로 못 팔 정도로 '멘탈' 약한 내가 우스웠다. 저녁 시간 마지막 접시를 내보내면서 아침보다는 의연한 내 모습에 안도했고, 다음 팝업 메뉴는 조금 쉬운 걸로 정하겠다고 결심했다.

다시 하려면 힘들 팝업 메뉴를 뽑으면, 바로 크로켓이다. 원래부터 크로켓을 보면 꼭 사 먹고 지나가야 직성이 풀리던 나이지만 비건을 실천한 뒤에는 전혀 먹지 않았다. 비가 추적추적 내리던 어느 날 집에 혼자 있는데, 시원한 탄산 한 모금에 바삭한 크로켓을 깨물어 먹는 상상을 하니 화가 나서 견딜 수가 없었다. '그래, 어려워봤자 얼마나 어렵겠어.'

호기롭게 감자를 삶고, 반죽을 하고, 빵가루에 굴

베지베어의 팝업 메뉴들, 만들기는 힘들지만 맛있다.

리고, 튀겼다. 음식이 완성되지도 않았는데 난리가 난 주방을 보면서 후회하던 찰나 첫 크로켓이 완성됐다. 방에 서서 한입 베어 무는데 베어 물자마자 바로 후회했다. '더 만들걸.'

그렇게 크로켓에 중독돼 가족들과 친구, 매장 직원들에게 해주다가 이 맛있는 걸 우리만 먹을 수 없다며 손님들에게도 선보였다. 업그레이드해서 플레인, 카레, 비건 치즈 세 가지 맛을 만들었는데, 또 문제가 생겼다. 종류를 다양하게 해 대량으로 튀기다 보니 내용물을 구분할 수가 없었다. 모양이나 색, 크기로 종류를 구분할 수 있어야 한다는 생각을 하지 못했다. 결국 크로켓을 반으로 잘라서 내용물을 확인하고 플레이팅하는 걸로 위기를 간신히 모면했다.

튀김기가 따로 없으니 큰 냄비에 차례로 튀겼다. 주문이 밀어닥치기 시작하면 더워서 땀이 나는지 손님이 많아서 땀이 나는지 모를 지경이었다. 기름 때문에 일부러 긴팔에 긴바지를 입었지만, 더워서 무의식 중에 소매를 걷어 올리면서 드러난 맨살마다 어김없이 데고 말았다.

원래 베지베어는 튀기는 음식은 하지 않았다. 주방이 좁다 보니 부딪치거나 실수하면 크게 다칠 수도 있기 때문이다. 크로켓을 하겠다는 말을 듣고 다현은 끝까지 걱정했다.

하루 종일 계속 실수하고 다치기도 한 나한테 실망해서 저녁쯤에는 무척 침울해졌고, 은하 언니에게 두 번 다시 크로켓을 하지 않겠다고 말하면서 퇴근했다. 다음날 찾아온 손님은 어제 먹은 크로켓이 정말 맛있었다고, 언제 또 하냐고 물었다. 그 한마디에 아쉬움을 털고 빠르게 회복한 나는 얼마 뒤 다시 크로켓 팝업을 열었다.

누군가에게 음식을 해줄 때 무척 떨린다. 친한 사람들에게 내놓은 집들이 음식도 긴장하는데, 돈 내고 먹는 음식을 만들 때는 더 떨릴 수밖에 없다. 아무리 맛있다고 생각해도 손님이 만족하지 못하면 모두 의심하게 된다. 채소가 잘못됐나? 간을 잘못 봤나? 내 혀가 잘못됐나?

혼자 벌벌 떨면서 이래도 되는지 위기감을 느낀다. 그래서 더 셋이 함께한다는 사실에 감사하다. 앞으로 하고 싶은 팝업 메뉴가 많은 만큼 지금 이 떨림을 소중히 여겨야 하겠다. 언젠가 자신 있게 혼자 팝업 메뉴를 만드는 날을 위해 오늘도 혼자 특식을 만들려 한다. 여름에는 냉우동이 딱인데, 한번 해봐야겠다.

여기 있어요, 비건 식당

민
성
주

메뉴판 앞에서 서성이던 손님이 묻는다.

"이거 소고기예요 돼지고기예요?"

비건 식당이라고 전면에 걸고 있어서 그런지 오픈한 뒤 처음 듣는 질문에 버퍼링이 왔다.

"어, 음, 그게, 콩고기예요. 식물성 고기요."

예상하지 못한 건 마찬가지인 듯 손님은 잠깐 고민하더니 자리를 떴다. 아직 누군가에게 비건이라는 단어는 장벽처럼 다가온다. 뛰어넘을 수 있는 장벽이 아니라 먹을 수 없는 음식으로 분류되기도 한다. 식당 초기 멤버인 시완 언니가 한 달 동안 비건 식당을 한다고 하자 교수는 안타까워하면 말했다고 한다.

"비건 식당이요? 어, 아쉽게 저는 못 가겠네요."

요즘 비거니즘이 환경 친화적이고 동물 친화적이라는 이유로 조명을 받으면서 비건에 관한 인식이 좋아지고 있다. 그렇지만 얼마 전부터 시작된 현상일 뿐 아직도 비건이라는 단어에 거부감을 느끼는 소비자들이 많다. 그런 사정을 누구보다 더 잘 아는 기업들은 해외 비건 제품을 수입하면서 비건 마크를 스티커로 가리기도 한다. 그런데도 비건 식당이 눈에 띄게 늘어나고, 비건 제품도 많이 출시되고 있다.

베지베어는 경쟁자가 늘어나서 불안하지 않느냐고 묻는 사람도 있다. 대기업이 비건 제품을 내놓기 시작하는 흐름은 비건 식당에도 비건 소비자에게도 기쁜 일이다. 첫째, 대기업이 뛰어들 만큼 비건 시장이 커진 만큼 비건 식당을 연 우리는 좋은 흐름을 타고 있다는 소리이기 때문이다. 둘째, 비건 식당에서 쓸 수 있는 공산품이 늘어나기 때문이다. 감자샐러드를 예를 들면 공장에서 만든 업소용 감자샐러드를 구입해 필요한 만큼 사서 쓴다. 이런 시판용 감자샐러드에는 달걀과 우유가 들어간다. 베지베어는 감자를 사서 깎고, 찌고, 뭉갠 뒤 비건 마요네즈와 온갖 향신료를 넣어 직접 감자샐러드를 만든다. 인건비도 인건비이지만, 이런 메뉴가 한두 가지가 아니다 보니 재료를 준비하다가 진이 다 빠진다. 요즘은 여러 대기업에서 비건용 시판 소스를 만들고 식물성 대체육도 개발하고 있어서 베지베어는 새로 출시된 식자재들을 이용하느라 신이 난 상태다.

지금 함께 사는 룸메이트는 비건은 아니지만 함께 먹을 비건 빵을 종종 사 온다. 매번 얻어먹기 미안해서 봉투에 적힌 이름을 보고 빵집에 찾아갔다.

"여기에 비건 빵이 어떤 거죠?"

가까이 있던 직원은 어리둥절해했다.

"비건 빵이요?"

알 수 없는 불안함을 느끼면서도 내가 찾는 빵이 뭔지 설명했다.

"우유, 달걀, 버터, 치즈 같은 동물성 성분이 안 들어간 빵이요."

직원은 바쁘게 돌아다니며 다른 직원과 제빵사에게 물어보고 돌아왔다.

"죄송하지만 저희가 만드는 빵은 모두 버터가 들어간다고 해요."

내가 먹은 빵에서는 분명 버터나 우유 맛이 안 났는데 뭔가 착오가 있나 해서 저녁에 다시 들렸다.

"혹시 여기 비건 빵 있나요?"

뜻밖에도 사장님이 나와 자연스럽게 안내했다.

"비건 빵은 따로 없고요. 우유, 버터, 달걀, 치즈가 안 들어가고 통밀로 만든 빵이 있어요. 이 세 가지인데, 비건 빵이라고 하지는 않아요."

자기 가게에서 파는 빵을 비건이라고 명명하고 싶지 않아 한다는 낌새를 알아챘다.

"그게 비건 아냐?"

함께 간 애인이 한 말에 메마른 웃음과 싸늘한 눈빛으로 눈치를 줬다. 비건을 비건이라 부르지 않는 사장님의 마음을 누구보다 잘 이해하지만 비건 소비자로 분한 마음도 들었다. '그게 비건 아닌가요?'라는 대사를 내가 치지 못해서 두 배로 분했다.

베지베어도 비건 음식을 강조해 논비건 손님의 유입을 떨어트린다는 마케팅 컨설팅을 받았다. 논비건 손님도 비건 음식을 접할 수 있게 하자는 게 베지베어가 내세운 목표의 하나인데, 그러려면 비건을 강조해서는 안 된다는 말이다. 이 모든 상황을 이해하면서도 이런 말을 더 크게 외치고 싶다면 오기일 뿐일까.

"여기 있어요, 전 메뉴 비건 식당!"

성실한 게으름뱅이
또는 안주자

책을 쓰며 새삼스레 떠올렸다. 나는 베지베어 공동 대표다. 학생이고, 제품 개발을 하는 연구자다. 가끔씩 수학 과외 선생님이 되기도 한다. 이제 곧 초보 작가도 된다. 스물여섯 살이 하는 일이 많다. 베지베어 일과 대학원 공부를 병행하다 보니 평균 수면 시간은 네 시간이다. '다섯 시간 후에 알람이 울립니다'는 메시지를 보며 오늘은 많이 자겠네 하고 생각하기 시작한 때가 언제인지. 나는 바쁘고 부지런하게 살면서 새로운 일을 벌이는 개척자가 되고 싶다. 그렇지만 동시에 게으름뱅이이자 안주자다.

베지베어의 공동 대표인 우리 셋은 모두 도전을 좋아하는 용감한 사람들이다. 베지베어 창업을 결심한 사실이 증거다. 일을 저지르는 스타일은 셋이 참 다르다. 성주는 일단 뭐가 되든 던지고 본다. 생각이 자유

롭다고 여긴 게 한두 번이 아니다. 은하 언니는 하나에 꽂히면 직진하는 스타일이다. 그런 열정이 뜨거워 보인다. 나는 두 사람에게 끌리다가도 이 지나친 열정에 '현실 타협'이라는 브레이크를 거는 일을 한다. 베지베어의 겨울 시즌 메뉴인 토마토스튜를 개발한 과정을 보면 이런 모습이 잘 드러난다.

"따뜻한 비건 국물 요리가 별로 없는데 우리가 해볼까? 다 육수가 들어가고 맹물로 바꿔달라고 해도 잘 안 바꿔주더라고."

성주가 던진 말에 바로 다음날 은하 언니는 매장에서 온갖 국물 요리를 끓였다. 나는 국물 요리를 하려면 화구가 더 필요하겠네, 국물 요리 중에 재료 준비가 쉬운 게 뭐가 있지, 지금 있는 메뉴하고 같이 조리할 수 있을까 같은 현실적인 문제를 먼저 고민했다.

나는 새로운 일을 벌일 때 무작정 저지르지 않았다. 감당할 자신이 있는지, 집중을 못 하게 할 다른 일은 없는지, 체력은 버틸 수 있는지 등을 꼼꼼하게 고려했다. 그런 내가 어쩌다 보니 무모한 일에 도전했다. 성주와 은하 언니가 아니면 내 능력의 80퍼센트 정도만 발휘하면서 살 텐데, 100도 아닌 150의 능력을 끌어내고 있다. 불평 같지만 불평이 아니다. 겁도 많은 내가 이렇게 다양한 일을 해볼 수 있었을까. 베지베어를 하지 않았다면, 나는 그저 주어진 일을 쳐내면서 도전하지 못한 과거의 기회에 관한 아쉬움을 곱씹으며 살았을 거다.

베지베어가 하는 도전은 우리 능력 이상의 도전이라, 항상 서툴다. 그렇지만 일단 판을 벌이면 목표를 달성해야 직성이 풀린다. 부족함을 메우겠다며 도서관에서 책을 한 보따리 빌리고, 밤을 새워 낯선 내용을 공부한다. 점점 달라지는 내 모습을 발견하는 일이 꽤 즐거운 경험이고 보면 서투름이 나쁘지만은 않다. 오늘도 베지베어는 새로운 일을 벌이고 있다.

하나보다 둘,
둘보다 셋

"이렇게 손 많이 가면 그냥 집에서 해 먹는 게 맞아."

새로운 메뉴를 만들어봤고, 오늘도 다현이에게 안 된다는 소리를 들었다. 그래도 굴할 수 없지. 나는 베지베어에서 안 된다고 하면 해야 한다고 말하는 임무를 맡고 있기 때문이다. 어릴 때부터 그랬다. 나는 하지 말아야 하는 이유 백 가지보다 해야 하는 이유 한 가지가 눈에 더 들어오는 사람이다. 내 성격이 독특하다고 생각했는지 고3 시절 담임은 이런 성향을 대학 추천서에 적었고, 나는 그 사실을 대학 시험 당일 면접관 덕분에 알았다.

"별명이 경주마라고요?"

"네?"

"여기 추천서에 선생님이 별명을 적어주셨어요. 쉬는 시간에 안경 옆에 포스트잇 붙이고 공부하는 모습이 경주마 같다고요."

쉬는 시간에 할 일이 있는데 집중이 안 되면 임시방편으로 안경 옆에 포스트잇을 붙이고는 했다. 친구들이 이상하게 쳐다봤지만 개의치 않았다. 면접관한테 '주변 시선보다 목표를 달성하는 데 더 집중하는 진취적인 성격'이라고 나불대며 답했지만, 머릿속은 난리였다. '선생님이 저런 것까지 적었다니.' 지금 생각하면 선생님은 나를 한마디로 잘 표현했다. '목표를 향해 달리는 경주마.' 이렇게 앞뒤 안 재고 달리는 나와 앞뒤를 1밀리미터 단위로 재는 것도 모자라 오차가 날 경우까지 생각하는 다현이는 당연히 부딪힐 수밖에 없다.

아직도 다현이를 처음 본 때가 생생하다. 첫 만남에 이 메뉴로 장사 못 한다며 조목조목 말하는 다현이를 보고 '이 친구는 꼭 옆에 둬야지' 하면서 찜했다. 운이 좋은 건지 그 뒤로 2년간 함께하고 있으니 이 정도면 잘 맞지 않나 싶다가도 뭐 하나 결정할 때마다 논쟁하는 우리를 보면, 다르다는 게 이런 거구나 싶다.

한 번은 엠비티아이MBTI를 봤다. 나는 이엔에프피 ENFP, 다현이는 아이에스티제이ISTJ가 나왔다. 겹치는 알파벳이 하나도 없다니, 좀 심하지 않은가. 이미 성격이 정반대라는 사실은 알고 있지만, 온 세상이 공인한 안 맞는 짝꿍이 된 듯해서 의기소침해진다.

자타공인 극과 극 인간 둘이지만, 은하 언니하고 함께 있으면 상황이 달라진다. 촉이 귀신같이 좋은 은하 언니가 다현이와 나 사이의 균형을 맞춰주기 때문이다. 한번은 내 의견에 무게를 싣고 한번은 다현이 쪽에 힘을 보탠다. 다현이와 내가 실수할 때마다 빨리 발견하거나 심지어 예지해서 손해를 방지한다. 가끔씩 매장에 시시티브이를 달아둔 게 아닐까 의심이 될 정도다.

하루는 심심해서 인터넷으로 우리 셋의 궁합을 봤다. 또 정반대로 나오겠지 하면서 별 기대를 하지 않았는데, 내가 불이고 다현이는 불을 담는 그릇이라서 환상의 궁합이었다. 은하 언니는 금속인데, 내 불을 통해 더 날카롭게 제련할 수 있다고 한다. 재미로 본 사주일 뿐이지만, 지금까지 본 궁합 풀이 중에 가장 마음에 들어 얼렁뚱땅 믿기로 했다.

서로 못하는 일을 할 수 있는 관계. 우리 셋을 표현하자면 그렇다. 나에게 없는 퍼즐 조각을 찾아서 그림을 완성하는 기분이 들기도 한다. 그 그림을 혼자서 완성하고 싶던 때도 있었다. 이제는 내가 모든 일을 잘할 필요는 없다고 생각한다. 내가 못하는 일을 잘하는 사람을 찾아 함께하면 된다.

누구든지 삶에서 도전하고 싶은 일이나 프로젝트가 있다. 아주 자그마한 취미 생활이라도 말이다. 그일을 지금 또는 나중에 하려는 사람들에게 속삭이고 싶은 한마디가 있다.

"누구 하나 붙잡아서 같이하는 게 어떨까요?"

대신 그 '누구'에서 다현이와 은하 언니는 빼주기를 바란다. 이 둘은 내가 이미 찜했다.

앞으로도
함께 해주실 거죠?

하다 하다 비건 식당까지 하게 될 줄이야. 인생은 늘 변수로 가득하다고 하지만 무심코 시작한 일이 여기까지 올 줄 정말 몰랐다. 어떤 계획도, 확신도 없이 시작한 비건 식당은 처음 시작한 때하고는 확연히 다르다. 베지베어를 좋아하고 응원하는 사람들이 곁에 있어 전에 없던 확신도 생겼다. 우리 편이 생긴 기분이랄까. 최선을 다하고 싶은 마음이 불쑥불쑥 든다. 우리가 우당탕탕 열심히 보낸 시간은 절대 우리를 배신하지 않는다는 자신감도 함께.

우리도 모르는 사이에 단골손님이 하나둘 늘어났다. 어딘가 낯익은 손님들이 열심히 출근 도장을 찍는다. 이제는 근황까지 나누는 사이가 됐다.

"저 다음 주에 이사해요!"

"오늘 함박스테이크 포장해서 한강 공원으로 피크

닉 갈 거예요!"

파랑새처럼 소식을 물어다 전해주는 손님들의 한 마디는 그날의 소소한 재미가 되고는 한다.

유독 기억에 남는 손님들이 있다. 팝업 메뉴로 비건 크로켓을 할 때 카운터 앞에서 한 손님이 쭈뼛쭈뼛 눈치를 살피고 있었다.

"혹시 필요한 게 있으세요?"

한참을 망설이던 그 손님이 대답했다.

"어, 음, 크로켓, 세상에서 가장 맛있었어요!"

수줍게 외친 손님은 문밖으로 총총 도망갔다. 마치 연인들이 술래잡기하듯 나도 손님을 잡으러 나가야 하나 잠깐 생각했다. 그 자리에 함께 있던 친구 두 분은 까르르 웃었고, 손님이 던진 귀여운 한마디에 웃음이 절로 나왔다.

단골손님 중에는 스님도 있다. 스님을 처음 본 때는 당황스러웠다. 왠지 모르는 기운이 흘렀다. 잔뜩 긴장하고 음식을 드렸다. 싹싹 비운 그릇을 돌려주며 온화한 웃음을 짓고는 홀연히 그 자리를 떠났다. 이틀 뒤 그 스님이 또 왔다. 매장 바로 앞에서 날 뚫어져라 쳐다보는 스님이 금도끼 은도끼 이야기에 나오는 산신령처럼 보였다. '꿈인가? 같은 스님이 연달아 오실 리가 없잖아.' 긴가민가하면서 엊그제 주문받은 음식을 다시 내어드렸다. 잠시 뒤 스님이 빈 그릇을 들고 왔다.

"산에서 내려올 때마다 자꾸 들르게 되네요. 음식이 생각나서 또 왔어요."

난생처음 스님하고 나눈 대화였다.

새삼 베지베어에 오는 단골손님들이 신기하다. 정작 한 번도 어느 식당 단골이 된 적 없는 나는 손님들이 꾸준히 관심을 주고 방문할 때마다 생각한다. '우리 식당은 어떤 존재일까?' 한 식당의 단골이 된다는 건 말처럼 쉽지 않다. 음식이 맛있어서 단골이 될 수도 있지만, 맛있는 음식은 세상에 널렸다. 음식이 맛있다는 평가도 듣기 좋지만, 베지베어가 지향하는 가치에 애정을 품고 지지한다고 느껴질 때 참 고맙다. 한 분 한 분이 다 소중하다. 지난주에 온 손님이 또 오면 반가워서 친한 척하고 싶어진다.

친구들이 빨간색과 보라색이 뒤섞인 부항 자국을 보며 물었다.

"조 사장, 괜찮은 거 맞아?"

1초도 고민하지 않고 대답한다.

"아니, 안 괜찮아. 죽을 맛이야."

친구들은 킥킥대며 부항 자국을 놀려댄다. 갈수록 꺾이는 체력을 겪어보니 사람들이 왜 '아이고' 소리를 입에 달고 사는지 조금씩 이해하게 된다. 몸이 뜻대로 움직이지 않는다. 이 고통을 무릅쓰고 베지베어를 놓지 않는 이유는 아직 재미있기 때문이다. 흔한 이야기이지만 손님들의 행복한 표정을 보면 힘이 불끈 난다. 가끔 지나치듯 건네는 한마디는 한의원보다 효과가 탁월하다.

지난 시간을 쭉 돌이켜보니 우리가 운이 좋은 건 분명하다. 한 아이를 키우려면 온 마을이 필요하다고 하던가. 베지베어도 온 마을이 필요했다. 베지베어의 탄생을 함께한 시완이와 현민이, 우리에게 무슨 일이 생기면 어디에서 쏜살같이 달려오는 영원한 맥가이버 조 매니저님, 사장님의 마음으로 열일해준 베지베어 공식 첫 알바생 홍현 언니, 주야장천 매장을 지켜주는 박스퀘어 운영지원실 관계자분들. 이렇게 우리 이야기를 남길 기회를 준 출판사 이매진에도 감사를 드린다. 그 누구보다 진심으로 베지베어를 응원해주는 손님들에게도.

아직까지 모르는 게 많고 여전히 불안한 셋이지만, 할 수 있는 한 이 끈을 꼭 붙잡고 싶다. 베지베어가 어

떻게 기억될지, 또 얼마나 기억될지 모르겠지만, 지금
까지 성실히 자리를 지켜왔듯 오래오래 곁에 남을 수
있기를 바란다.

앞으로도 함께 해주실 거죠?

누가
만들어도
맛있는
비건 레시피

초코칩쿠키

넷플릭스 보면서 하루 종일 먹어도 맛있는 쿠키! 버터나 우유 없이 충분히 맛있게 만들 수 있는 비건 초코칩쿠키는 선물하기도 좋다.

재료 두유 50그램, 카놀라유 60그램, 비정제 원당 40그램, 베이킹소다 1/8티스푼, 베이킹파우더 1/4티스푼, 소금 1꼬집, 박력분 160그램, 아몬드 30그램, 초코칩 30그램(두유는 매일두유, 초코칩은 노브랜드 초콜릿 사용)

1. 두유와 카놀라유를 잘 섞는다.
2. 모든 가루를 잘 섞는다.
3. 액체류와 가루류를 잘 섞은 뒤 아몬드와 초코칩을 넣는다.
4. 냉장고에서 한 시간 숙성한다.
5. 에어프라이어를 180도로 예열하고, 같은 온도로 12분, 뒤집어서 5분 더 구우면 완성. 에어프라이어도 기기마다 조금씩 다르기 때문에 타지 않게 사이사이 확인해야 한다.

콩불

콩고기와 채소만 있으면 뚝딱 만드는 콩불. 콩고기를 처음 만나는 사람도 맛있게 먹는다. 익숙한 바로 그 불고기 맛, 절대 실패는 없다고 보장한다. 팝업 메뉴로 판매도 했고, 꽤나 인기가 있었다.

재료 콩고기 2주먹, 콩나물 300그램(1봉), 새송이버섯 2개, 대파 2개, 양파1/2개, 깻잎 1봉, 청양고추 2개
양념 고추장, 고춧가루, 간장, 다진 마늘, 설탕, 올리고당 → 모두 각 2순가락씩

1. 콩고기를 볶는다. 콩고기가 없으면 삶은 콩이나 두부를 써도 좋다.
2. 채소는 길게 채 썬다.
3. 볶은 콩고기 위에 채 썬 채소를 올리고 기름을 한두 바퀴 두른 뒤 볶는다.
4. 5분 정도 볶다가 양념을 넣고 볶는다.
5. 콩나물이 익으면 참깨와 참기름을 뿌린다.
6. 깻잎이나 쌈 채소랑 싸 먹으면 밥도둑이다.

참나물 파스타

참나물과 캐슈너트로 만든 향긋하고도 고소한 페스토는 파스타랑 잘 어울린다. 시중에서 쉽게 구할 수 있는 재료이지만 파스타로 만들면 색다르다. 팝업 메뉴로 판매할 때 인기가 정말 많았다. 아무거나 좋아하는 나물을 활용해도 좋다.

재료 파스타 1인분, 참나물 100그램, 캐슈너트 30그램, 두유 50밀리리터, 올리브오일 50밀리리터, 마늘 1개, 레몬즙 1큰술, 설탕 1티스푼, 소금 1티스푼, 후추

1. 파스타를 뺀 모든 재료를 믹서에 넣어 잘 갈아서 참나물 페스토를 만든다.
2. 파스타 1인분을 소금 1꼬집을 넣어 삶는다.
3. 올리브오일을 살짝 둘러 삶은 면을 볶는다.
4. 참나물 페스토를 부어 파스타면이랑 잘 섞는다.
5. 후추와 파슬리로 마무리한다.

궁중 떡볶이

누구나 좋아하고 만들기도 간단해서 스텝밀로 자주 해 먹는다. 한 끼 식사로 제격이고 집에 있는 재료를 활용해서 만들 수도 있다. 감칠맛을 더하는 청양고추는 기호에 따라서 빼도 된다.

재료 콩고기 반 주먹, 떡 160그램, 깨 5꼬집, 대파 1/2대, 새송이버섯 1개, 양파 1/2개

양념 다진 마늘 25그램, 간장 40그램, 올리고당 20그램, 맛술 10그램, 후추 1꼬집, 청양고추 1/2개, 감자전분 1스푼, 물 100밀리리터

1. 청양고추를 얇게 다진다. 양념 재료를 모두 모아 끓인다.
2. 양념이 끓어오르면 감자전분 1티스푼을 물 3티스푼에 잘 풀어 붓는다. 감자전분물은 1티스푼씩 넣어서 원하는 농도로 맞춘다.
3. 5분 정도 끓으면 불을 끈다.
4. 콩고기를 볶아 후추 간을 살짝 한다.
5. 같은 프라이팬에 채 썬 대파, 새송이버섯, 양파를 넣어서 볶는다.
6. 불린 떡을 넣고 끓여둔 양념을 넣어 맛있게 볶는다.
7. 깨로 마무리하고 취향에 따라 참기름을 살짝 뿌린다.

더 많은 비건 레시피는
인스타 @hungry__tofu,
유튜브 '파괴왕 레시피'
를 찾아주세요.